www.tredition.de

AF196259

Tabitha Landis

Dunkle Träume

Domaris

www.tredition.de

© 2015 Tabitha Landis

Verlag: tredition GmbH, Hamburg

ISBN
Paperback: 978-3-7323-5229-6
Hardcover: 978-3-7323-5230-2
e-Book: 978-3-7323-5231-9

Printed in Germany

DUNKLE TRAEUME

Dunkel, es war einfach nur dunkel

Müde drehte sie den Kopf, um auf die Ziffern des Radioweckers zu schauen, der neben ihr auf dem Nachttisch stand.

00.30 Uhr glotzte es ihr in einem schrillen Rot entgegen.

Helen seufzte, gerade mal eine Stunde hatte sie geschlafen und nun war sie wieder wach, hellwach.

Sie versuchte, sich auf ihren letzten Traum zu konzentrieren. Ein Traum, der in Abständen immer wieder kam, aber die Erinnerung daran fiel ihr schwer, nur einzelne Bruchstücke in schwarz-weißen Bildern waren ihr im Gedächtnis geblieben.

Unruhig wälzte sie sich hin und her.

Jetzt bloß nicht in Panik verfallen, nur weil ihr wieder eine weitere schlaflose Nacht bevorstand. Schließlich vergingen noch einige Stunden bis zum Morgen, sie hatte noch genügend Zeit, um Schlaf zu finden.

Neben ihr drehte sich Mark, ihr Ehemann, auf die andere Seite. Seinem tiefen Atmen entnahm sie, dass er sich bereits in der Tiefschlafphase befand.

In diesen Momenten hasste sie ihn.

Warum konnte er seine Probleme, wenn er denn überhaupt welche hatte, in der Nacht beiseiteschieben, verdrängen und erholsamen Schlaf finden?

Wieso hatte nur sie aufreibende Gedanken, diese Unruhe und die ständige Anspannung?

Zornig rollte sie sich auf die andere Seite und presste sich ihr Kopfkissen ans Gesicht.

Dann fing es wieder an: Ihr rechtes Bein wollte keine Ruhe geben, unruhig zuckte es auf und ab, blieb nicht dort liegen, wo es eigentlich ruhen sollte.

Sie presste fest die Lippen aufeinander.

Diesmal nicht, dieses Mal wollte sie dem Teufelskreis entrinnen, der es ihr unmöglich machte, einzuschlafen.

Sie versuchte sich schwer zu machen, sich auf eine Stelle in ihrer Körpermitte zu konzentrieren.

Schwer, schwer, schwer beschwor sie innerlich ihre Beine, aber das zuckende Bein hielt nichts von ihren Beschwörungsformeln und zuckte unbeeindruckt weiter.

Sie seufzte ergeben, drehte sich auf den Rücken und wartete ab.

Sie brauchte nicht lange zu warten, erst begann es am Kopf. Ein leichtes Jucken, das schon bald stärker, intensiver wurde.

Nicht kratzen, dann wird es nur schlimmer!

Dann breitete sich der Juckreiz langsam am ganzen Körper aus, an der Hüfte, den Oberschenkeln, sogar auf den Füßen erreichte sie das verhasste Jucken. Unwillkürlich bäumte sie sich auf, unfähig dem Verlangen Abhilfe zu verschaffen.

Ihre Hände suchten wie von selbst die gepeinigten Stellen und kratzen, kratzten, kratzten………

Wie in Trance suchten ihre Finger in der Dunkelheit auf der Kommode neben ihrem Bett und wurden schnell fündig.

Tropfen, Kapseln, Tabletten - alles stand wohlgeordnet und griffbereit nebeneinander.

Was sollte ihr diese Nacht weiterhelfen?

Sie entschied sich diesmal für die Tropfen, schraubte sorgfältig das Fläschchen auf und ließ sich die bittere Flüssigkeit, die ihr zum Schlaf verhelfen sollte, auf die Zunge tropfen.

Zehn, zwanzig oder dreißig Tropfen, mittlerweile hatte sie das genaue Zählen aufgegeben, sondern achtete nur darauf, dass sich die gewohnte Ansammlung an Flüssigkeit in ihrem Mund befand.

Geduldig wartete sie mit geschlossenen Augen auf die medikamentöse Wirkung, die ihr, wie sie immer wieder hoffte, die nötige Schwere und Ruhe bescheren sollte.

Erleichtert verspürte sie nach einiger Zeit, wie sie die Dunkelheit wie ein warmer schwerer Mantel umarmte, der ihr Trost und Geborgenheit schenkte.

Nur ein Traum

Grelles buntes Licht zuckt in Stakkatointervallen auf, Rauch wabert aus scheinbar heißen Quellen vom Boden hoch, ein Raunen und Zischen hängt in der Luft.

Eine Luft, die geschwängert ist von Rauch und Gasen, die das Atmen erschweren. Hilflos blickt sie sich um, versucht sich zu orientieren und ihren Aufenthaltsort zu lokalisieren.

Aus der Ferne hört sie ein Brummen, fast schon sehnsüchtig erscheint ihr das Geräusch.

Hilflos stolpert sie dem Ursprung des Geräusches entgegen, fast blind im Rauch und immer wieder stolpernd über Unebenheiten, die willkürlich aus dem Boden zu wachsen scheinen.

Und plötzlich hat sie das Gefühl, dass der Untergrund, auf dem sie unsicher Standfestigkeit sucht, unter ihren Füßen nachgibt. Er wird zunehmend instabiler, fast wie Gummi, und macht ihr das Laufen darauf immer schwerer.

Hilflos mit den Armen rudernd blickt sie nach unten.

Was sie dort erblickt, lässt sie unwillkürlich die Luft anhalten, um sie im selben Moment mit einem unterdrückten Schrei wieder auszustoßen.

Aus der gummiartigen Masse formen sich Gliedmaßen, die beinahe wie menschliche Hände aussehen.

Sie erschauert bei dem Anblick konturloser Gesichter, aus denen ihr ein einzelnes großes Auge entgegen starrt.

Verzweifelt versucht sie vorwärts zu kommen, weg von diesem unheilvollen Ort und dieser Masse, die immer stärker versucht, sie in sich hineinzuziehen.

Das Raunen und Zischen wird lauter und dröhnt schmerzhaft in ihren Ohren, übertönt dabei das Brummen, zu dem sie sich so hingezogen gefühlt hat.

Mit aller Kraft stemmt sie sich gegen den Sog an ihren Füßen und versucht vorwärts zu kommen.

Würde sie wieder nach unten schauen, dann hätte sie ihr Mut bereits verlassen, und sie hätte sich in ihr Schicksal ergeben. So aber bleibt ihr der Anblick der Münder erspart, die sich in den Gesichtern entwickelt haben und wie riesige Trichter versuchen, alles in sich hinein zu saugen.

Schreiend und wild um sich schlagend kämpft sie sich vorwärts, um endlich an ihr Ziel zu gelangen: eine andere freundliche Welt, die sie sich in ihren Vorstellungen erschaffen hat und die hinter einer imaginären Grenzlinie liegt.

Das Brummen hat mittlerweile aufgehört, dafür ist das Blätterrauschen mächtiger Bäume zu hören. Die Luft ist erfüllt von Düften, die nach Ruhe und Geborgenheit riechen. Erschöpft lehnt sie sich an den Stamm eines Baumes und lässt die Gefühle und den Trost, die dieser alte Baum in ihr auslösen, auf sich einwirken. "Domaris", flüstert sie erleichtert.

Zurück in der Wirklichkeit

"Mama, Mama!"

Jemand rüttelte an ihrer Schulter.

"Du musst aufstehen und mir Frühstück machen!"

Stöhnend drehte sie sich auf den Rücken und öffnete vorsichtig die Augen mit Lidern, die schwer und verklebt sind.

Am Bettrand stand ihre Tochter Yasmin und blickte sie fordernd an.

" Na endlich, ich dachte schon, du würdest überhaupt nicht mehr aufwachen. Ich muss gleich zur Schule und hab noch kein Frühstück. Würdest du bitte mal aufstehen?!"

Unter Schmerzen richtete sie sich auf und setzte sich auf die Bettkante. Ihr Kopf dröhnte vor Kopfschmerzen, und eine leichte Übelkeit machte sich in der Magengegend breit, Magensäure suchte sich bereits ihren Weg zur Speiseröhre.

Vorsichtig versuchte sie sich aufzurichten, um im nächsten Moment wieder aufs Bett zu fallen.

"Nicht auch noch das !" dachte sie resignierend.

In letzter Zeit häuften sich Kreislaufbeschwerden, und sie scheute die zeitgleiche Einnahme von beruhigenden und kreislaufanregenden Mitteln.

Beim nächsten Anlauf schaffte sie es, sich aus dem Bett zu stemmen und sich müde ins Badezimmer zu schleppen.

Dabei schmerzten ihre Sehnen und Gelenke fast unerträglich, jeder Schritt wurde ihr zur Qual.

Im hellen Licht des Spiegels erblickte sie ihr Angesicht, das ihr müde und abgeschlagen entgegenblickte und unbarmherzig ihr wahres Alter verriet.

Fröstelnd hielt sie ihr Gesicht unter den kalten Wasserstrahl am Waschbecken, um wenigstens einige Lebensgeister zu wecken.

Beim Zähneputzen bemerkte sie kaum, wie ihre Gedanken abschweiften und sie abwesend nur noch mechanisch kreisende Bewegungen mit der Zahnbürste ausführte.

Wovon hatte sie letzte Nacht geträumt? Waren es nicht auch angenehme Bilder gewesen, die sie bis zum Aufwachen begleitet hatten? War es möglich, dass sie sich bewusst wieder an diesen Ort zurück begeben konnte und die Realität, die ihr immer öfter kalt und freudlos erschien, verlassen konnte?

Ein empörter Aufschrei holte sie aus ihren Tagträumen zurück:

"Mama, wo bleibst Du denn, ich muss gleich los!?"

Erschrocken zuckte sie zusammen.

Das Wasser am Waschbecken lief noch immer, doch mittlerweile hatte sie ihr Zahnfleisch so malträtiert, dass blutiger Schaum aus ihrem Mund quoll.

Rasch spülte sie ihren Mund mit klarem Wasser aus, wischte sich das Gesicht mit einem Handtuch trocken und begann, sich anzuziehen.

"Mama!" schallte es wieder, diesmal mit einem zornigen Unterton.

Erschöpft hielt sie sich die Ohren zu und ließ sich wieder aufs Bett sinken.

Wie einfach wäre es jetzt, wieder in das noch warme Bett zu steigen, sich einzukuscheln, versuchen, sich an die angenehmen Sequenzen ihres letzten Traumes zu erinnern!

Energisch schüttelte sie den Kopf.

Unmöglich, schließlich warteten noch Aufgaben auf sie. Aufgaben?

Sie verzog spöttisch die Mundwinkel.

War die Hausarbeit als Aufgabe zu bezeichnen, die sie ausfüllte, ihren Geist forderte? Wohl kaum!

Ihre Tochter war mittlerweile alt genug, sich selbständig zu versorgen, aber egoistisch und faul genug, sich weiterhin wie ein Kleinkind zu verhalten. Gleichzeitig war sie boshaft und durchtrieben, um so ihre Forderungen immer wieder durchzusetzen.

Und Helen hatte nicht die Kraft und die Ausdauer, dem entgegenzuwirken.

Ihr Mann war den ganzen Tag beruflich unterwegs und abends unfähig und unwillig, sich ihren Problemen und Sorgen zu widmen. Dabei war er in Bezug auf Yasmin mehr als nachgiebig.

Widerstrebend richtete sie sich auf, zog sich vollständig an und begab sich zur Quelle des Lärmens und Rufens in der Küche.

Yasmin hatte zwischenzeitlich schon ihr Szenario an morgendlichen Aktivitäten vollzogen.

Die Küchenanrichte und der Fußboden waren übersät mit Krümeln, ein Messer lag, von Schneide bis Griff mit einem Nuss-Nougatfilm überzogen, auf der Spüle und auf dem Steinboden glänzten verräterische Tropfen, die in einigen Minuten eine klebrige Konsistenz aufweisen würden.

Laut und vernehmlich stieß Helen die Luft aus und blickte wütend zur Ursache des Übels.

"Kannst du dich nicht ein wenig vorsehen und deinen Schmutz wenigstens wegwischen?"

"Keine Zeit!" kam es zurück, " Ich muss gleich weg, sonst solltest du in Zukunft früher aufstehen und mir das Frühstück zubereiten, wenn du es sauberer haben willst."

Damit nahm Yasmin ihre Schultasche vom Boden auf und verschwand aus der Küche mit den Worten:

"Ach übrigens, ich bringe heute eine Freundin zum Essen mit, also mach bitte was Leckeres zu essen, keinen Fertigfraß!"

Helen spürte, wie ihr Puls jagte und ihr Herz anfing, zu rasen.

Zornig trat sie gegen eine Küchenschublade, um wenigstens einen Teil ihrer Wut und Hilflosigkeit abzureagieren.

Dann sank sie auf einen Stuhl ,spürte, wie Wut und Zorn auf ihr Unvermögen in einer heißen Welle in ihr hochkamen und bewirkten, dass ihr Tränen in die Augen stiegen.

Schluchzend suchte sie in einer Schublade tränenblind nach einer Medikamentenschachtel.

Bloß eine kleine Pille, winzig klein, die konnte bestimmt nicht schaden und danach würde sie sich wieder besser fühlen. Dann würden diese verbalen Angriffe sie nicht mehr verletzen, sie würden einfach wirkungslos an ihr abprallen.

Entfernt nahm sie wahr, wie die Haustür geräuschvoll zuschlug. Yasmin hatte das Haus verlassen.

Erleichtert atmete sie tief ein und lehnte sich langsam zurück.

Jetzt lagen mindestens fünf Stunden vor ihr, die nur ihr gehörten.

Still saß sie auf ihrem Stuhl, entspannte sich, wartete auf die Wirkung der Tablette.

Warum konnte sie ihren Herzschlag so laut hören, schlug ihr Herz nicht viel zu schnell?

Angstschweiß breitete sich auf ihrer Stirn aus, ihre Handinnenflächen begannen zu transpirieren. Poch, Poch, Poch…

Du musst ruhig atmen, bewusst atmen!

In diesem Moment schrillte die Hausklingel laut und energisch.

Mit einem Aufschrei sprang sie auf und stieß dabei den Stuhl um, der mit einem lauten Poltern auf den Boden fiel.

Mit klopfendem Herzen näherte sie sich der Türsprechanlage, nahm mit einer fahrigen Bewegung den Hörer in die Hand.

"Ja bitte", flüsterte sie mit heiserer Stimme.

"Der Postbote - ein Einschreiben!" kam es aus dem Hörer zurück.

Unsicher blickte sie in den Spiegel, der in der Diele hing und zog bei dem Anblick, der sich ihr bot, geräuschvoll die Luft ein.

Aus einem leichenblassen Gesicht blickten ihr angsterfüllte Augen entgegen, die tief in den Höhlen lagen und blutunterlaufen waren.

Die Haare klebten zum Teil strähnig am Kopf oder standen in alle Richtungen ab und hatten nicht den mindesten Anschein einer Frisur.

Und bei der Auswahl ihrer Kleidung hatte sie farblich völlig daneben gegriffen: Über ihrer ältesten, ausgebeulten grünen Jogginghose trug sie einen hellblauen Sweater, der gut und gerne einem Tanzbär gepasst hätte.

Entsetzt stöhnte sie auf - so konnte sie auf keinen Fall die Haustür öffnen, so viel Selbstwertgefühl hatte sie noch.

Sie räusperte sich:

" Äh- hören Sie, ich bin noch gar nicht angezogen, könnten Sie vielleicht gleich noch mal wieder kommen?"

"Ungern", knurrte es unfreundlich zurück," in einer Stunde bin ich wieder da, aber dann warte ich nicht mehr!"

 "Danke", hauchte sie in den Hörer zurück und legte ihn wieder in seine Aufhängevorrichtung.

Aufseufzend lehnte sie sich an die Wand, ließ sich langsam zu Boden sinken. Kalter Schweiß brach ihr aus allen Poren aus und ließ sie frösteln.

Mühsam richtete sie sich wieder auf und blickte unsicher Richtung Schlafzimmer.

Wäre es verwerflich, wenn sie sich nochmals einen Augenblick ins Bett legen würde?

Niemand würde es bemerken, und in einer Stunde konnte sie frisch und ausgeruht sein, wenn der Postbote wieder vor der Türe stünde.

Und dann hätte sie immer noch genügend Zeit, den Haushalt zu machen und das Essen für Yasmin vorzubereiten.

Warum hast du Gewissensbisse, du musst keinem Rechenschaft ablegen, hörte sie ihre innere Stimme. *Es ist dein Leben, deine Entscheidungen!*

Sie straffte ihre Schultern und bewegte sich, nur kurz zögernd, Richtung Schlafzimmer.

Mit einem Aufstöhnen sank sie auf ihr Bett, zog sich die Bettdecke über die Ohren.

"Nur ein wenig ausruhen", nuschelte sie undeutlich.

Aber schlagartig war sie wieder hellwach, ihr Herz schlug laut und zu schnell, und hinter den geschlossenen Lidern rollten ihre Augäpfel nervös hin und her. Lichtblitze in allen Farben wurden von ihren überreizten Nerven zum Gehirn übertragen und ließen es nicht zu, dass sie die Entspannung finden konnte, die sie so sehr suchte und brauchte.

Nervös und hektisch drehte sie sich hin und her und hatte mit einem Griff die Flasche mit den Beruhigungstropfen in der Hand.

5, 10 ,20 beeile Dich, die Zeit wird knapp!

Verlorene Träume

Sie fällt, tiefer und tiefer, bis sie das Gefühl hat, auf einem festen Untergrund zu landen.

Vorsichtig tastet sie mit geschlossenen Augen den Boden um sich herum ab. Dieses Mal fühlt er sich nicht weich und instabil an, sondern fest und trocken. Langsam öffnet sie die Augen und hält entsetzt die Luft an.

Sie sitzt auf einem felsigen Vorsprung, der über einer gewaltigen Schlucht hängt. Vor ihr gähnt ein unglaublich tiefer Abgrund, dessen Ausmaße ihre Vorstellungskraft weit übersteigt.

Nebel wabert in düsteren Farbvarianten auf und lässt die Landschaft in einem bizarren Licht erscheinen.

Ein Stöhnen und Wispern scheint aus den Tiefen zu kommen, Töne, die sie magisch anziehen. Eine kleine Gewichtsverlagerung nur, und der Abgrund wird sie aufnehmen.

Die Verlockung ist groß, so groß, sich einfach fallen zu lassen, um von den Nebelmassen aufgenommen zu werden.

Doch hinter ihr erklingen sanfte, betörende Töne, ein sachtes Rauschen.

Sie kann praktisch die reine Luft schmecken, die ihr bekannt vorkommt. Unsicher versucht sie, auf die Beine zu kommen, als der Felsvorsprung unter ihr nachgibt.

Panisch und voller Entsetzen schreit sie auf, versucht, sich an blanken Felsen festzuhalten, ihr Gewicht zu verlagern.

Doch mit einem entsetzlichen Geräusch gibt der Boden unter ihr noch ein Stück nach, und mit einem spitzem Schrei versucht sie, auf allen Vieren robbend, Boden zu gewinnen.

Doch zu spät, mit einem lauten Krachen gibt der Felsvorsprung dem Gesetz der Schwerkraft nach und reißt sie mit in die Tiefe.

Sie fällt, immer tiefer, immer schneller, die Kraft zum Schreien hat sie längst verlassen.

Die Luft wird immer dünner und kälter, das Atmen fällt ihr immer schwerer. Angstvoll reißt sie ihren Mund auf, versucht verzweifelt Luft zu holen und registriert, dass sie in eine Flüssigkeit eingetaucht ist.

Instinktiv reißt sie die Arme nach oben, während ihre Beine kraftvoll strampeln, um Auftrieb zu gewinnen.

Keuchend taucht sie an der Oberfläche auf, schnappt hektisch nach Luft. Es riecht modrig, nach verfaulten Pflanzen und es ist dunkel, ein fast körperlich zu spürendes unangenehmes Gefühl von Schwärze. Eine Schwärze, die sich zu manifestieren scheint, etwas Böses verkörpert, was versucht, von ihr Besitz zu ergreifen.

Mit zügigen Schwimmbewegungen versucht sie, der Dunkelheit zu entkommen, nicht wissend, ob sie sich wirklich vorwärts bewegt oder nur im Kreis schwimmt.

Die Flüssigkeit, in der sie sich befindet, umschließt ihren Körper wie ein zäher Film, der ihre Bewegungen erschwert. Die Luft wird stickiger, das Atmen fällt ihr immer schwerer.

Aber irgendwo muss doch "ihr" Ort sein, ihre Zuflucht, die sie so liebevoll Domaris genannt hat.

Sie konnte ihn doch eben noch erahnen, ihn hören, seine physische Anwesenheit spüren.

Aber die zähflüssige Masse umschließt ihren Körper immer enger und versucht gleichzeitig, sie in einem Sog, der immer stärker wird, nach unten zu ziehen. Sie schreit gellend auf, schlägt mit den Armen wild um sich, die ihr jemand mit Gewalt nach unten drückt und sie damit unter die Oberfläche presst. Sie schnappt wild nach Luft und bäumt sich verzweifelt auf.

"Mama, Mama, wach auf", rief eine ihr vertraute Stimme, die aus weiter Ferne zu kommen schien.

"Du musst ihr Wasser ins Gesicht kippen, das hab ich mal im Fernsehen gesehen", hörte sie eine andere, ihr unbekannte Stimme.

Der Druck auf ihren Schultern ließ nach.

Helen versuchte vorsichtig ihre Augen zu öffnen, als ihr ein Schwall kalten Wassers über ihr Gesicht rann und in Nase und Mund lief. Mit einem Aufschrei richtete sie sich hustend auf und sah in die nicht minder erschrockenen Augen ihrer Tochter.

"Mama, was ist mit dir?"

Ängstlich musterte Yasmin sie von oben bis unten, das Wasserglas mit einem Rest Wasser darin in der rechten Hand.

"Es ist nichts, Schatz, ich habe nur schlecht geträumt!"

"Wirklich?"

Yasmin wirkte skeptisch.

"Das muss aber ein ziemlich heftiger Traum gewesen sein, so lautstark, wie du geschrieen hast. Und das am helllichten Tag!"

Dabei schnaubte sie empört auf.

Ihre Freundin, die sich dezent hinter ihrem Rücken zurückgezogen hatte, blickte sie verunsichert an.

"Du hast mir echt einen Schrecken eingejagt und es ist voll peinlich, dass Carola alles mitbekommen hat. "

Dabei schaute sie sich nach Carola um, die unangenehm berührt auf den Boden starrte.

"Dann kann ich ja davon ausgehen, dass du nichts gekocht hast, was sollen wir jetzt essen?"

"Vielleicht macht ihr euch eine Pizza warm oder bestellt Euch eine?"

Yasmin stampfte zornig auf den Boden auf:

Ich will was Anständiges zu essen haben und Bestellen dauert viel zu lange!" Provozierend blickte sie Helen in die Augen.

Helen hasste diese ewigen Auseinandersetzungen, diese Nörgeleien und Machtkämpfe.

Wann würde sie endlich so stark sein, sich zu wehren und Yasmin vor Augen zu halten, wie respektlos sie sich benahm?

"Gut", resignierte sie", ich mache euch Nudeln mit Tomatensoße."

"Warum nicht gleich so?"

Triumphierend zog Yasmin, mit ihrer Freundin im Schlepptau, in ihr Zimmer ab.

Mühsam quälte sie sich hoch, ging mit schleppenden Schritten in die Küche. Mechanisch zog sie die Küchenschubladen auf und bereitete alles für die Nudeln mit passender Soße vor.

Beim Schneiden der Tomaten beobachtete sie aufmerksam, wie das scharfe Küchenmesser leicht und zügig die Tomaten zerteilte.

Ob sich damit genau so gut ein Schnitt in ihre Hand ausführen ließ?

Neugierig setzte sie das Messer auf ihren Handrücken an und drückte die scharfe Klinge vorsichtig dagegen.

Bereits nach wenigen Sekunden konnte sie erkennen, wie es sich rechts und links neben der Messerschneide rötlich verfärbte.

Es tat nicht einmal weh!

Unsicher blickte sie sich um. Einen Moment zögerte sie noch, doch dann obsiegte ihre Vernunft.

Warum sollte sie neben den Schmerzen, die sich langsam einstellten, auch nachforschende Fragen ertragen?

Sie nahm das Messer wieder hoch und starrte fasziniert auf den roten Strich mit den kleinen Blutperlen, der sich auf ihrem Handrücken gebildet hatte.

Heftig schüttelte sie den Kopf, wischte das Blut ab und setzte zügig ihre Arbeit zur Herstellung eines passenden Essens für ihre Tochter fort.

Routiniert deckte sie rasch den Tisch und klopfte danach vorsichtig an die Türe von Yasmins Zimmer.

"Was?!" raunzte es zurück aus dem Zimmer.

"Euer Essen ist fertig und steht auf dem Tisch!"

"Danke",

kam es unfreundlich zurück und schon wurde die Türe aufgerissen, aus der Yasmin mit ihrer Freundin wortlos an ihr vorbeistürmte.

Teilnahmslos blieb sie noch einige Sekunden an der Türe stehen, schüttelte den Kopf und ging ins Schlafzimmer, um sich ein wenig frisch zu machen.

Danach ging sie aufseufzend zur Küche, die die Kinder bereits wieder verlassen.

Der Esstisch glich einem Schlachtfeld.

Beschmutzte Teller mit Besteck und Schüsseln standen noch darauf, die Tischdecke war übersät mit Tomatenspritzern und verschütteten Limonadenresten.

Helen musste schlucken, spürte, wie sie ein Gefühl der Wut überkam:

Gab es in diesem Hause jemanden, der sie als Persönlichkeit wahrnahm und nicht nur als Köchin und Putzfrau oder als Prellbock für die pubertären Anfälle ihrer Tochter?

Wie heiße Gischt überspülte sie der Ärger, sie spürte, wie das altbekannte Gefühl der Hilflosigkeit und Resignation sie wieder übermannte und ihr die Kehle zusammenschnürte. Nur mühsam gelang es ihr, die aufkommenden Tränen zu unterdrücken.

Gleichzeitig fühlte sie sich so unendlich traurig, erfüllt von einer inneren Leere, die sie nicht beschreiben konnte. Und doch konnte sie gleichzeitig ein Verlangen spüren, aber wonach? Nach Anerkennung und Respektierung ihrer Person, nach mehr Liebe und Aufmerksamkeit oder dem Wunsch, sich nur noch in ihre Traumwelten zurückzuziehen, damit sie dort ihre Ruhe hatte? Nach Domaris, ihrer imaginären Traumwelt oder dem dunklen Unheilvollem, was sie fortwährend zu verfolgen schien und dem sie scheinbar nicht entrinnen konnte.

Müde ließ sie sich auf einen Sessel sinken und schloss die Augen.

Schon wieder überkam sie diese überwältigende Müdigkeit, ein Anzeichen dafür, dass die Spuren des letzen Sedativums noch nicht völlig abgebaut waren.

Aber noch einmal ließ sie sich von Yasmin nicht überraschen, sie würde ihr keine Gelegenheit mehr bieten, sie bloßzustellen.

Mit einem Ruck richtete sie sich auf und begann mit ihren alltäglichen

Arbeiten im Haushalt.

Grau

Für diese Nacht war sie vorbereitet; bevor Mark auch nur Verdacht schöpfen konnte, hatte sie in einem unbeobachteten Moment eine kleine unscheinbare Tablette zu sich genommen und täuschte kurz nach dem Abendessen eine Müdigkeit vor, die sie auf den anstrengenden Tag und ihre Albträume in der Nacht zurückführte.

Yasmin hatte es scheinbar nicht für erwähnenswert gehalten, ihrem Vater die unschöne Episode mit ihrer Mutter am Mittag zu erzählen.

"So wie du ausschaust würde ich es auch vorziehen, mich ins Bett zu legen!" säuselte sie fürsorglich.

Doch ihre Mundwinkel verzogen sich dabei verächtlich nach unten.

Mit einem resignierten Blick hauchte sie Mark einen Kuss auf die Wange und verabschiedete sich von den beiden, die bereits lautstark diskutierten, welche Fernsehserie sie sich gemeinsam anschauten wollten.

Wohlig streckte sie sich in ihrem Bett aus und fühlte bereits nach wenigen Minuten, wie die Müdigkeit auf leisen Sohlen näher kam, sie mitnahm auf eine Reise der Träume.

Sie fällt, immer schneller, immer tiefer. Alles scheint sich um sie herum zu drehen.

 Mit einem Ruck, der durch ihren ganzen Körper geht, landet sie auf festem Boden. Es ist still, so still, dass diese

Stille sie umschließt und von ihren Zehenspitzen bis zu den sich langsam aufstellenden Nackenhaaren kriecht.

Alles um sie herum ist von einem einheitlichen Grau, der Weg auf dem sie steht, der Graben, um den sich ein Weg windet wie ein Lindwurm und auch die wenigen Bäume, deren Äste regungslos über dem Wassergraben hängen.

Die Luft ist feucht und kalt, sie kann beim Ausatmen ihren Atem als kleine Dampfwolke sehen.

Vorsichtig setzt sie ihre Füße in Bewegung, erst langsam, dann immer schneller.

Aber so schnell sie auch läuft, sie hat das Gefühl, keinen Meter vorangekommen zu sein.

Angst, nein Panik greift mit klammen Fingern nach ihr, schnürt ihr die Luft ab. Warum kommt sie nicht weiter, und warum kann sie in dieser Stille noch nicht einmal ihr ange-strengtes Keuchen hören?

Sie will fort, nur fort von dieser Stille und diesem unerträgli-chen Grau, hinter dem wieder etwas Dunkles lauert, bereit, hervorzubrechen und sich ihr entgegen zu stellen.

Erschöpft hält sie jäh mit ihren Laufbewegungen inne und betrachtet ihre Umgebung genauer.

Irgendwie kommen ihr die Verhältnisse bekannt vor, sie erinnern sie an ihren einstigen Schulweg, den sie jeden Morgen mit dem Fahrrad entlang gefahren ist.

Nur waren da die Bäume grün, der Weg mit roten Steinen gepflastert und der Graben war mit Enten und Teichhüh-nern besetzt. Und aus den Ästen der Bäume war ein steti-ges Zwitschern und Rufen von Vögeln zu hören gewesen.

Aber jetzt ist alles grau und sieht erstarrt aus, diese Stille, diese körperlose Stille verunsichert sie am meisten.

Plötzlich hört sie aus der Ferne ein Geräusch, ein Klopfen. Noch scheint es weit weg zu sein, aber es ist beständig, hört sich zunehmend unheilvoll an.

Was auch immer dieses Klopfen verursacht, es hört sich bedrohlich, wütend an und sie will auf keinen Fall warten, bis sich ihr die Ursache dafür offenbart. Energisch tritt sie auf, hebt kraftvoll die Beine, versucht, sich vorwärts zu bewegen.

Aber so sehr sie sich auch müht, sie kommt keinen Meter voran und das Klopfen scheint immer näher zu kommen.

Verzweifelt blickt sie sich um, in der Hoffnung, einen Ausweg zu finden, fort zu kommen von diesem Ort, von dem unheilvollen Geräusch.

Aber sie kann nur die erstarrte graue Landschaft entdecken, deren feuchte Luft immer kälter zu werden scheint.

Reif liegt bereits auf den Gräsern und Blättern und verleihen der Schwärze einen silbernen Schimmer.

Sie will nur weg von hier, weg von dem Grau und der Kälte, weg von dem Klopfen, das bedrohlich näher kommt.

Warum kann sie sich nicht wegwünschen, weg an einen anderen Ort. In einem Traum müsste das doch möglich sein?!

Verzweifelt schließt sie für einen Moment die Augen und befindet sich nunmehr auf einem Balkon in den oberen Stockwerken eines Mehrfamilienhauses. Verwirrt blickt sie in den Abgrund.

Nur das eintönige Grau und die Stille umgibt sie weiterhin.

Nebel steigt auf, verschluckt alle Umrisse, die sie bisher noch erahnen konnte. Und dann hört sie es wieder: Poch, Poch.... Schnell und zielstrebig scheint es näher zu kommen, das Klopfen wird lauter, durchdringender.

Und immer noch kann sie sich nicht fortbewegen. Ihre Füße gehorchen ihr nicht mehr, auch ihre Stimme versagt.

Ohne weiter zu überlegen steigt sie auf die Balkonbrüstung, schaut noch einen kurzen Moment in den grauen dichten Nebel und springt.

Sie fällt immer schneller, immer tiefer.

Einen Augenblick stellt sie sich überrascht die Frage, warum ein Sturz aus dem dritten Stock so lange währt.

Aber dann raubt ihr die Geschwindigkeit fast den Atem und sie konzentriert sich darauf, bei Bewusstsein zu bleiben.

Das dichte Grau von vorhin verändert langsam seine Eintönigkeit, wird langsam heller bis hin zu einem fast leuchtendem Ton.

Und plötzlich wird aus dem Grau ein zuckendes Spektrum von leuchtenden Farben.

Gequält schließt sie ihre Augen und versucht die Beherrschung ihres Körpers während des Fallens nicht ganz zu verlieren. Instinktiv krümmt sie ihren Körper zusammen in Erwartung des Aufpralls.

Dieser kommt so plötzlich und abrupt, dass sie das Gefühl hat, dass ihre Körpermitte noch heftiger nach unten gezogen wird und ihre Gliedmaßen und ihr Kopf gleichzeitig nach oben gerissen werden. Das Licht, was sie umgeben hat, ist jetzt nur noch gleißend hell, erlaubt ihr nicht, die Augen zu öffnen.

"Helen, Helen, komm endlich zu dir," hörte sie aus der Ferne eine vertraute Stimme.

" Wo bin ich", flüsterte sie und leckte sich vorsichtig mit der Zunge über die ausgetrockneten Lippen.

Behutsam versuchte sie, die verklebten Augenlider zu öffnen, um festzustellen, wo sie sich befand.

Blinzelnd schaute sie in die Augen ihres Mannes, der sich besorgt über sie gebeugt hatte.

"Helen, was ist bloß los mit dir?", seufzte er besorgt. " Du hast geschrien und wild um Dich geschlagen. Du hast doch nicht schon wieder Tabletten genommen?"

Prüfend schaute er sie an.

Ihr wurde unbehaglich unter seinen Blicken.

"Hab ich nicht," gab sie ruppig zurück.

Ihr war übel, und ihr Kopf schmerzte, als ob sie ihn einige Male vor eine Wand geschlagen hätte.

 Würgend sprang sie auf um im nächsten Moment wieder stöhnend auf ihr Bett zu sinken.

"Wasser", krächze sie fast heiser, "kannst du mir bitte ein Glas Wasser bringen?"

Während er im Bad verschwand, um ihr ein Glas Wasser zu besorgen, überlegte sie fieberhaft, wie sie ihm ihren Traum, der sie so aufgerüttelt hatte, erklären sollte, oder ob sie ihm überhaupt etwas erzählen sollte.

"Und", fragte er sie, als er mit dem Wasserglas zurück-kam," darf ich erfahren, was dich dazu gebracht hat, mitten in der Nacht zu schreien und nach mir zu treten?"

Zögerlich setzte sie das Glas ab und schaute ihn unsicher an. "Ich habe geträumt, ich wäre von einem hohen Gebäu-de gefallen und als ich aufgeschlagen bin, muss ich wohl geschrien haben und bin aufgewacht."

"Und hast mich aufgeweckt! Zum Glück schläft Yasmin auf der anderen Seite des Flures, sonst hättest du sie wahr-scheinlich auch noch aufgeweckt, was für uns beide sicher-lich nicht so spaßig gewesen wäre."

Genervt rollte er sich wieder in sein Bett.

"Können wir jetzt weiterschlafen oder möchtest du noch länger die Nacht zum Tag machen?"

Zitternd rollte sie sich in Fötusstellung auf die Seite und zog sich die Bettdecke über den Kopf.

"Gute Nacht", flüsterte sie aus ihrem geschaffenen Atem-loch in der Decke . "Hoffentlich noch eine lange Nacht", brummte er ,"und morgen gehen wir endgültig zum Arzt."

In dieser Nacht schlief sie nicht mehr ein, sondern wartete fast reglos die letzten Stunden bis zum Morgengrauen.

Am nächsten Morgen stand der vereinbarte Arzttermin an.

Alles in ihr stand auf Widerstand, sie war gegen ihren Wil-len hier, sie hasste den Stuhl, auf dem sie saß, sie hasste sich dafür, dass sie hier sitzen musste und sie hasste Mark, der sie zu diesem Termin gezwungen hatte.

Mit hängenden Schultern saß sie vor dem Schreibtisch des Arztes und wartete darauf, dass er ins Behandlungszimmer kam.

Mark, der sie hergefahren hatte, wartete derweil im Wartezimmer.

Er hatte zwar kurz Anstalten gemacht, sie zu begleiten, aber ein böser Blick ihrerseits und eine abwehrende Geste hatten gereicht, dass er sich wieder auf den Stuhl sinken ließ.

Nervös blickte sie auf ihre Fingernägel, zupfte unruhig an ihren Haarspitzen. Unstet ließ sie ihren Blick durch das Zimmer wandern, nahm die Bilder von Kindern auf dem Schreibtisch wahr und Gemälde an den Wänden, die für ihren Geschmack eindeutig zu modern waren, ohne einen erkennbaren Sinn. Draußen hatte ein leichter Nieselregen eingesetzt.

Fasziniert schaute sie auf die Fensterscheibe, an der der Regen in dünnen Rinnsalen herab floss, verlor sich in diesem Anblick und vernahm so nicht, wie jemand den Raum betrat und sich auf dem Platz ihr gegenüber niederließ.

"Guten Morgen Helen, tut mir Leid, dass ich Sie habe warten lassen"

Erschrocken zuckte sie zusammen.

"Entschuldigung Doktor Hansen, ich habe sie gar nicht kommen hören."

Aufmerksam musterte Doktor Hansen seine Patientin, die er schon seit vielen Jahren kannte.

"Nun", lächelte er ihr aufmunternd zu "wie geht es Ihnen denn heute? Ihr Mann scheint sich große Sorgen um Sie zu machen. "

Sie fühlte, wie ihr etwas die Kehle zuschnürte.

"Was hat er Ihnen denn erzählt?", flüsterte sie heiser.

"Nun, er meint, Sie nähmen zu viel von den Tabletten, die ich Ihnen beim letzten Mal verschrieben habe und Sie würden auch oft am Tage schlafen und nicht mehr am Familienleben teilnehmen wollen."

"Familienleben, pffft!", presste sie fast unhörbar hervor. "Familienleben mit einer missratenden, egoistischen Tochter und einem Ehemann, der nie zu Hause ist?"

Sie schluckte mehrmals, um die aufkommenden Tränen zu unterdrücken und nestelte nervös an einem Taschentuch, dass sie aus ihrer Tasche hervorgeholt hatte.

"Nehmen Sie denn auch tagsüber Schlaftabletten und Beruhigungstropfen oder beschränken Sie die Einnahme, wie vereinbart, auf nachts?"

Ernst mustere er sie, dabei zog er fragend eine Augenbraue nach oben.

Sie schluckte mehrfach, ehe sie antwortete.

"Eigentlich nur abends, damit ich einschlafen kann, aber da ich in letzter Zeit so heftige Träume hatte, von denen ich immer wieder aufgewacht bin, habe ich auch tagsüber die Tabletten genommen, um den Schlaf nachzuholen."

"Was sind das für Träume, Helen?"

"Einige schöne Träume, aber auch teils beunruhigende!"

In Erinnerung an Domaris setzte sie unbewusst ein verträumtes Lächeln auf. "Ich habe auch böse Träume, Albträume, von denen ich aufwache und vor denen ich Angst habe. Angst, dass mich diese Träume gefangen nehmen und Wirklichkeit werden."

Mit Tränen in den Augen und ein Schluchzen unterdrückend blinzelte sie ihn an.

Sie hasste es, wenn sie so die Kontrolle über sich verlor.

Energisch wischte sie sich mit beiden Händen die Tränen vom Gesicht, atmete einmal tief ein, richtete nochmals den Blick auf ihn.

"Haben Sie den Eindruck, dass die Träume von den Tabletten kommen?"

"Nein, bestimmt nicht. Wenn ich rein gar nichts nehme, kann ich schlecht einschlafen, wache ständig auf und in den Kurzzeitphasen des Schlafes habe ich nur noch Träume, böse, beängstigende Träume!"

Trotzig starrte sie auf ihre Faust, die das Taschentuch umklammert hielt.

"Helen, das ist kein Dauerzustand, die Tabletten und auch die Tropfen waren nur als vorübergehende Maßnahme gedacht. Und auch nur, um Ihnen beim nächtlichen Einschlafen zu helfen."

Doktor Hansen fuhr sich etwas hilflos mit allen zehn Fingern durchs schüttere Haupthaar.

"Hier hört meine Fachkompetenz auf, ich kann Ihnen nur dringend raten, einen Facharzt zu konsultieren oder Sie lassen sich einen Termin beim Therapeuten oder Psychoanalytiker geben. Ich werde Ihnen gleich eine Überweisung ausstellen lassen."

Während der Doktor seine Tastatur im Zwei-Finger-Suchsystem bearbeitete, spulte sich bei ihr gerade ein Film in Sekundenschnelle ab.:

Ihr Mann, der offensichtlich an ihrem Geisteszustand zweifelte, Yasmin, die ihr mit einem höhnischen Grinsen *Ich hab's ja gleich gewusst* entgegen treten würde, ihre wenigen Freunde, die sich langsam aber merklich zurückziehen würden.

"Fertig! Sie können sich die Überweisung und ein Rezept draußen abholen!"

Sie zuckte zusammen, als sie die Stimme des Doktors hörte.

Unsicher stand sie auf: *Jetzt nur nicht die Beherrschung verlieren!*

"Danke, Doktor Hansen!" murmelte sie mit aufeinander gepressten Lippen.

Er drückte mit beiden Händen ihre Rechte :

"Machen Sie es gut und lassen Sie sich helfen, unbedingt!"

Sie befreite sich abrupt aus seinem festen, besorgten Händedruck, drehte sich um, nickte ihm über die Schulter noch einmal kurz zu und verließ das Besprechungszimmer.

Erst am Ausgang fiel ihr Mark ein, der im Wartezimmer immer noch geduldig auf sie wartete und sie wortlos zum Auto begleitete.

Endlich ließ sie sich aufatmend in den Sitz des Autos gleiten.

"Und?"

"Was und?"

Gereizt startete er den Motor.

"Nun mach es uns doch nicht so schwer, was hat er gesagt?"

Sie schluckte. "Ich soll mich von einem Spezialisten behandeln lassen."

"Dafür hättest du nicht zum Arzt gehen müssen, das hätte ich dir auch so sagen können."

"Dann hältst du mich also für verrückt?"

"Verrückt nicht, aber so krank, dass du dringend Hilfe benötigst und sie dir nicht in Deinen kleinen Pillen suchst."

Blicklos starrte sie aus dem Fenster und trommelte mit den Fingern auf die Armlehne der Beifahrertür.

Was sollte, beziehungsweise was wollte sie einem Therapeuten erzählen? Ihre Träume oder Erlebnisse ihrer Kindheit, der plötzliche Tod ihrer Mutter, die er dann als Schlüsselerlebnis für ihr Versagen als Mutter heranzog.

Niemals und niemandem würde sie ihre geheimsten Ängste und Erlebnisse erzählen, niemandem.

Sie umfasste die Armlehne so fest, dass ihre Fingerknöchel weiß wurden.

Traum oder Wirklichkeit?

Es ist gespenstisch still, auf der Straße sind keine Fahrzeuge unterwegs, die Bürgersteige wirken menschenleer.

Beklemmende Stille, so sehr sie sich auch anstrengt, sie kann keinen Laut vernehmen.

Zögerlich setzt sie ihre Füße in Bewegung; wenigstens scheinen sie ihr diesmal zu gehorchen.

Benommen und verwirrt blickt sie sich um.

Wo ist sie, hat sie sich nicht eben noch in der Praxis ihres Hausarztes befunden und ist nun auf dem Weg nach Hause?

Unsicher bewegt sie sich vorwärts. Neben ihr säumen große Mehrfamilienhäuser ihren Weg.

Die leeren Balkone klaffen wie riesige dunkle Löcher, gleich leeren Augenhöhlen, in den Betonburgen.

Dann plötzlich glaubt sie, ihr Elternhaus zu erkennen.

Sie läuft schneller. Wie eine große bedrohliche Wand steht das Haus vor ihr. Kein Lebenszeichen ist zu erkennen, kein Hinweis auf dessen Bewohner.

Vorsichtig bewegt sie sich zum Vordereingang.

Die Haustüre steht einen Spalt weit auf, doch dahinter lauert eine unangenehme, Furcht einflößende Schwärze.

Zögernd nähert sie sich ihr.

Soll sie die Tür aufstoßen und hineingehen?

Auf der einen Seite ängstigt sie sich, andererseits kommen ihr die Gegebenheiten zu bekannt, zu vertraut vor.

Bevor sie endgültig der Mut verlässt, strafft sie energisch ihre Schultern, atmet tief ein und stößt die Tür auf.

Der Flur riecht nach abgestandener Luft und nasser Erde. Auf der Treppe türmen sich Wochenzeitungen, die bereits seit Monaten dort ihr ungelesenes Dasein fristen.

Beherzt nimmt sie in großen Schritten die ersten Treppenstufen und befindet sich in Höhe der beiden Parterrewohnungen.

Auf beiden Seiten stehen die Haustüren weit auf, aber der abgestandene Geruch und das unheilvolle Dunkel wirken wenig einladend.

Tapfer erklimmt sie die Stufen, um zur nächsten Etage zu gelangen.

Auch hier stehen die Haustüren einladend offen, aus einer Wohnung klingen ihr vertraute Geräusche entgegen.

Sie kann eindeutig Küchengeräusche hören.

Neugierig betritt sie den Wohnungsflur, lauscht nach dem Ursprung der Geräusche.

Zielstrebig und mit dem Gefühl, sich in der Wohnung auszukennen, wendet sie sich nach links und stößt die Tür auf, hinter der sie die Küche vermutet.

Was sie sieht, lässt sie erstarren.

"Mama", flüstert sie mit bebenden Lippen.

Ungläubig starrt sie die Gestalt an, die am weit geöffneten Fenster steht. "Mama", krächzt sie mit brüchiger Stimme, "was machst Du da?"

"Ich habe die Reibekuchen ans Fenster gestellt, die magst du doch so gerne."

Die Stimme klingt vertraut und sie merkt, wie sehr sie die in all den Jahren vermisst hatte.

Sie widersteht dem Versuch, sich zu nähern, sie in die Arme zu nehmen.

"Aber du bist doch tot" schluchzt sie mit erstickter Stimme, während ihr Tränen übers Gesicht laufen.

"In deinen Gedanken bin ich lebendig. So, wie du mich jetzt siehst und sehen möchtest." Aber lass dich nicht täuschen, sieh dich vor und achte auf die Dunkelheit."

"Du bist nicht meine Mutter, meine Mutter liegt tot und begraben auf dem Friedhof", schreit sie auf," wer bist du, was bist du?"

In diesem Moment verändert sich die Gestalt.

Vom Gesicht und Körper fallen Haut- und Fleischfetzen herunter. Weißliche Knochen schimmern hervor, verändern ihre Farbe und werden schwarz.

Aus Ohren, Mund und Nase quellen Würmer und Maden hervor, beleben auf eine grausige Art das, was vorher ein Gesicht gewesen war.

"Nein, Mama, bleib bei mir", schreit sie entsetzt auf und sinkt, von Schmerz und Ekel überwältigt, auf die Knie.

"Du siehst mich so, wie du mich sehen willst", hört sie noch ein entferntes Flüstern, dann sinkt die Gestalt vor ihr endgültig in sich zusammen.

Würmer und Maden winden sich suchend auf dem Boden, suchen in der Dunkelheit das Weite.

Wimmernd hockt sie auf dem Boden, hält schützend beide Arme um sich geschlungen und wiegt ihren Körper wie in Trance hin und her

Sie fühlte, wie ihr Gesicht feucht wurde. Vorsichtig öffnete sie die Augen und blickte sich um.

Offensichtlich befand sie sich in ihrem Wohnzimmer und saß auf einem Sessel. Ihre Arme hielten ihren Oberkörper noch immer fest umschlungen und sie spürte, wie ihr nach wie vor Tränen übers Gesicht rannen.

Langsam löste sie ihre Umklammerung, wischte sich mit dem Handrücken die nassen Wangen ab.

"Mama", stöhnte sie verzweifelt und unterdrückte ein Schluchzen.

Sie atmete tief ein.

Vielleicht war die Empfehlung, einen Therapeuten zu konsultieren, doch überlegenswert.

Aber konnte das wirklich die Lösung ihrer Probleme sein, ihr wieder Selbstbewusstsein und Freude am Leben geben, ihr helfen, den Verlust ihrer Mutter zu verarbeiten?

Jemand, der ihr bei der Beziehung zu ihrer Tochter und auch zu Mark helfen würde?

Sie zweifelte daran, aber was hatte sie zu verlieren?

Fast regungslos verbrachte sie die nächsten Stunden auf ihrer Couch, starrte die Decke an und versuchte, alle Gedanken aus ihrem gepeinigten Gehirn auszuschließen.

Jedes Mal, wenn ihre strapazierten Nerven sich beruhigen wollten, ihre Muskeln die Phase der Anspannung verließen, zuckten Arm oder Bein im Bruchteil einer Sekunde zusammen und ließen sie, mit einem erschreckten Seufzer, wieder in einen Zustand der völligen Anspannung da liegen.

Mit schmerzenden Gliedern quälte sie sich bei Einbruch der Dunkelheit in ihr Bett , rollte sich aufatmend in ihre schützende Fötusstellung.

Aus Angst und Unsicherheit verzichtete sie dieses Mal auf ihre abendliche Medikamentendosis und verbrachte eine unruhige, nahezu schlaflose Nacht.

Konflikte

Der nächste Morgen verlief eher unschön.

Nach einer fast quälenden und daher traumlosen Nacht, wirkte sie fahrig und zerstreut, konnte sich nur mit Mühe auf ein Gespräch mit Mark konzentrieren.

"Du rufst doch heute an!?" forderte er sie zwischen einem Blick in seine Zeitung und einem Biss in sein Frühstücksbrötchen auf.

Sie zuckte zusammen :"Gleich, ich werde gleich anrufen, keine Sorge."

"Wo anrufen, bei wem?" mischte sich Yasmin ein.

Böse starrte sie ihre Tochter an. Wieder überkam sie ein Gefühl der Unsicherheit, gepaart mit Wut.

Ihr Herzschlag tickte eine Idee schneller und ihre Magenschleimhaut hatte mit einem plötzlichen Angriff von Magensäure zu kämpfen.

Doch bevor sie sich rechtfertigen konnte, schaltete sich Mark ein:

"Mama bekommt Hilfe von einem Therapeuten."

Dabei biss er unbekümmert von seinem Frühstücksbrötchen ab, unbeeindruckt von ihrem zornigen Blick.

"Oh Mann, ist das peinlich!"

Yasmin verdrehte theatralisch die Augen und starrte zur Decke.

"Ich habe eine Psycho-Else als Mutter, hoffentlich bekommt keiner Wind davon, sonst denken die hinterher noch, dass so was erblich ist. "

Angewidert stieß sie die Luft aus.

Mit Tränen in den Augen starrte Helen Hilfe suchend Mark an.

"Jetzt sag doch etwas , bettelte sie ihn tonlos an," hilf mir!"

Er räusperte sich verhalten.

"Yasmin, bitte, mäßige deinen Ton, deine Mutter ist krank und benötigt Hilfe und ein Therapeut ist ein Arzt wie jeder andere."

"Klar, einer für Irre!" Spöttisch musterte sie Helen.

"Yasmin, jetzt reicht's, ich denke, es wird Zeit für die Schule!"

Geräuschvoll erhob sich Yasmin aufreizend langsam vom Tisch, verabschiedete sich liebevoll von ihrem Vater und bedachte ihre Mutter nur mit einem kurzem Nicken.

"Schatz, nimm dir das nicht so zu Herzen. Du weißt, dass sie sich zur Zeit in einer schwierigen Phase befindet."

Aufmunternd tätschelte er ihre Hand.

"Ich bin jetzt auch weg, wird wohl spät werden heute Abend, versprich mir aber, dass du anrufst!"

Geistesabwesend nickte sie : "Versprochen!"

Als auch er das Haus verlassen hatte, sank sie auf dem Stuhl in sich zusammen.

Wie lange konnte und wollte sie diese Spannungen noch ertragen, wie lange sich demütigen lassen, unfähig, sich verbal den Konflikten zu stellen?

Sie schluchzte leise auf und zog geräuschvoll die Luft ein.

Gedankenverloren starrte sie auf einen imaginären Punkt und ließ ihr derzeitiges Leben Revue passieren.

Wie hatte es so weit kommen können?

Sie war so glücklich gewesen, erfolgreich im Beruf, dann die Heirat, kurze Zeit später das Kind und die Annehmlichkeiten, dass sich ihre Mutter um das Baby kümmerte und sie weiterhin ihre Freiheit und Unabhängigkeit hatte.

Dann kam der plötzliche und immer noch unfassbare Tod ihrer Mutter, die sich immer um alles gekümmert hatte und nun nicht mehr da war.

Ihr Vater, der den Verlust scheinbar nicht verschmerzen konnte und dann doch nach einer unerhört kurzen Trauerphase eine neue Lebensgefährtin gefunden hatte und weit weg gezogen war.

Auf der einen Seite gönnte sie ihm sein neues Glück, auch wenn es für ihn in erster Linie nur ein bequemer Ersatz war, aber andererseits hasste sie ihn für den Verrat an ihrer Mutter und war froh, dass sich ihre Telefonate nur auf das Nötigste beschränkten und Besuche mehr als selten anstanden.

Sie weigerte sich nach wie vor beharrlich, Kontakt zu seiner Lebensgefährtin aufzunehmen und machte sie und ihr wiederum desinteressiertes Verhalten für das Zerbrechen des Vater-Tochter-Verhältnisses verantwortlich.

Dann kam die Leere, die Eintönigkeit, das Gefühl nutzlos zu sein, nachdem sie ihren Beruf aufgeben musste, weil sie Yasmin jetzt alleine aufziehen musste und das Unverständnis von Mark.

Der eine Frau und Mutter zu Hause haben wollte und kein Verständnis für Karriere und Selbstverwirklichung im Beruf hatte.

Aber ein sorgenfreies Leben bedeutete nicht die Erfüllung ihres Lebens.

Sie vermisste die täglichen Herausforderungen, den Umgang mit Kollegen und die geistreichen Gespräche mit Geschäftspartnern.

Und unmerklich aber unaufhaltsam war sie im Laufe der Jahre in eine Lethargie verfallen, unfähig, ihre Wünsche und Vorstellungen über die ihrer Familie zu stellen.

Kontakte zu ehemaligen Arbeitskollegen hatte sie schon nach kurzer Zeit abgebrochen und sich im Laufe der Zeit auch von ihren wenigen Freunden immer mehr zurückgezogen.

Und brutal hielt ihr ihre Tochter den Spiegel vor Augen, was aus ihr geworden war und wie sie, die Tochter, nie zu werden wünschte.

Dabei erzeugte sie bei ihrer Mutter ein eigenartiges Gefühl, wie ein bösartig schwärendes Geschwür, was sich langsam gebildet hatte und sich immer wieder von neuem mit Eiter füllte.

Tränen stiegen auf und erzeugten einen salzigen Geschmack auf der Zunge, den Geschmack von Bitterkeit und Versagen.

Ihr Kopf schmerzte und spannte, wie so oft in letzter Zeit. Sie machte sich schon nicht mehr die Mühe, die Ursache des Schmerzes herauszufinden.

In den letzten Monaten war er ihr ständiger Begleiter geworden, und sie ertrug die Beschwerden mit einer ihr eigenen Gelassenheit.

Nur wenn er sie zu sehr peinigte, ihr Schwindelanfälle und Übelkeit verursachte, wenn aus dem beständigem dumpfen Dröhnen ein einzelner bohrender Schmerz wurde, der von ihr Besitz zu ergreifen schien, griff sie zu Tabletten und versuchte, ihn zu betäuben, auszusperren aus ihrem Bewusstsein.

Aber er war da, immer im Hintergrund und bereit, zuzuschlagen, vermeintlich unabhängig von Stimmung, Tageszeit oder sonstigen äußeren Einflüssen. Lauerte in ihrem Unterbewusstsein, bösartig, tückisch und nicht erklärbar in seiner Präsenz.

Müde lehnte sie sich zurück und schloss die Augen.

Sie fühlte sich leer und ausgebrannt.

Es gab nichts, so sehr sie ihre Gedanken auch darauf fixierte, auf das sie sich freuen konnte, kein Ereignis, weder in der Zukunft noch in der Vergangenheit, das sie aufbauen könnte.

Die Welt um sie herum erschien ihr grau und freudlos und sie wurde erfüllt von einer stummen Traurigkeit, der sie sich bereitwillig überließ.

Sie dachte an ihre Oma, die den frühen Tod ihrer jüngsten Tochter nie verwunden hatte und nach einer langen krankhaften Leidensperiode qualvoll gestorben war.

An die Erbstreitigkeiten mit ihrer bösartigen und raffgierigen Tante, die ein Testament vorweisen konnte, um sich an den wenigen Habseligkeiten, die übrig geblieben waren, zu bereichern.

Selbst anwaltliche Hilfe hatte nicht gefruchtet, um wenigstens ein paar Erinnerungsstücke , zumindest von ihrer Mutter zu erhalten. Im Gegenteil wurde sie noch beschuldigt, eine verleumderische Erbschleicherin zu sein.

Sie hatte versagt , ihr Kind entglitt ihr immer mehr, ihre Ehe drohte an ihrer Teilnahmslosigkeit zu scheitern, ihren Freundeskreis hatte sie bis auf wenige Ausnahmen aufgegeben und ihre Hobbys hatte sie zu Gunsten von Yasmin eingestellt.

Zögerlich nahm sie den Telefonhörer in die Hand, ließ den Blick auf das aufgeklappte Telefonbuch mit den markierten Nummern unter der Rubrik Psychotherapie gleiten.

Unschlüssig, nach welchen Kriterien sie die Praxis aussuchen sollte, entschied sie sich für die nächstgelegene, die einen hervorgehobenen Eintrag vorweisen konnte und die von einer weiblichen Therapeutin geführt wurde.

Sie hatte Glück, schon beim ersten Versuch erreichte sie einen Ansprechpartner und erhielt durch einen Ausfall bereits in der kommenden Woche einen Termin.

Aufatmend legte sie den Hörer wieder in die Lademulde und lehnte sich entspannt zurück.

Die erste Hürde hatte sie geschafft , sie verspürte fast schon so etwas wie Stolz über ihren Entschluss, auch wenn sie mehr oder weniger dazu gedrängt worden war.

Als Yasmin an diesem Tag nach Hause kam, empfing sie sie mit einer fast fröhlichen Stimmung.

Argwöhnisch wurde sie von Yasmin von oben bis unten gemustert:

"Hast du etwa getrunken oder Tabletten genommen? Du bist doch sonst nicht so gut drauf! Ich hab echt keinen Bock auf deine Launen, also lass mich damit in Ruhe!"

Sie spürte, wie ihr temporäres Hoch jäh wieder in die tiefsten Katakomben rutschte.

" In der Mikrowelle steht dein Essen und es wäre schön, wenn du dein schmutziges Geschirr hinterher in die Spülmaschine räumen würdest."

"Ja,ja", nuschelte es unwirsch zurück, was bei ihr so viel hieß wie :" Mir doch egal, räum es doch selber weg! "

Sie schnappte sich ihren mittlerweile erhitzten Teller und verschwand mit demselben und einer Flasche Cola unter dem Arm in ihrem Zimmer.

Sekunden später dröhnten bereits die ersten Töne aus ihrer Stereoanlage.

Es war für Helen immer ein Rätsel gewesen, wie ihre Tochter bei diesem Lärm lernen, Hausaufgaben machen und telefonieren konnte und das meistens gleichzeitig.

Aber wie sie auf Elternabenden erfahren hatte, bildete Yasmin damit keine Ausnahme und wurde dabei nur noch übertrumpft von weiblichen Chatterinnen, denen die Eltern am späten Abend die Sicherung ausschalten mussten, damit der Nachwuchs endlich bemerkte, dass es dringend an der Zeit war, ein wenig Schlaf für den nächsten Schultag zu tanken.

Oh Mama, du fehlst mir so mit deinen Ratschlägen, dachte sie wehmütig. *Es wäre nie so weit gekommen, wenn du mich nicht verlassen hättest. Warum, warum nur musstet du so früh gehen?*

Sie wusste, dass es darauf keine Antwort gab, aber trotzdem stellte sie sich immer wieder diese Frage nach dem Warum, und wie ihr Leben verlaufen wäre, wenn die Mutter noch leben würde.

Mit Tränen in den Augen lehnte sie sich zurück ,bemerkte, wie sie die innerliche Unruhe wieder erfasste.

Ein Zustand, den sie, hätte sie ihn einem Außenstehenden erklären müssen, schwer beschreiben konnte.

Es war, als ob sich oberhalb ihres Magens eine Kraft sammeln würde, die sich Richtung Kehlkopf einen Ausweg suchte.

Diese Kraft glich einem Auf- und Abschwellen , war nur noch insofern beeinflussbar, dass die scheinbaren Wellen je nach Atemzug mehr oder weniger hoch wogten.

Geräuschvoll atmete sie durch den Mund, versuchte Kontrolle über die wogende Unruhe zu erhalten.

Entnervt sprang sie plötzlich auf, eilte ins Schlafzimmer und nestelte hastig an ihrem Tablettenvorrat, um sich die gewohnten Anzahl an Pillen in den Mund zu stecken.

Schon fühlte sie sich augenblicklich entspannter, ließ sich langsam auf den Boden gleiten, die Bettkante im Rücken als Stütze dienend, dabei glitten ihre Gedanken langsam ab, und sie verspürte die vertraute Schwere und gleichzeitige Leichtigkeit, das Vergessen des Jetzt und Hier und Eintauchen in ihre Traumwelt.

Kindheitserinnerungen

Sie findet sich in dem kleinen Geschäft wieder, in dem sie so oft in ihren Kindertagen mit ihrer Mutter einkaufen gewesen war.

Auf dem Einkaufszettel, den sie in der Hand hält, steht fein säuberlich geschrieben : 1 Brot und ¼ Pfund Leberwurst.

Das Licht in dem kleinen Laden erscheint ihr so viel heller, fast grell und unangenehm im Gegensatz zu ihren Erinnerungen

Vorsichtig blickt sie sich um und geht langsam einige Schritte weiter.

Die Regale scheinen mit jedem Schritt in die Höhe zu wachsen, neigen sich fast wieder zu ihr hinunter und erdrücken sie fast.

Sie muss zur Wursttheke, ihre Mutter hat ihr aufgetragen, Wurst zu kaufen, aber wo sind die Regale mit den Broten?

Langsam dreht sie sich einmal um ihre eigene Achse und kann tatsächlich in einer Ecke des Ladens ein Regal mit verschiedensten Brotsorten entdecken. Sie schaut sich schnell um, packt ein Paket mit Brot, dessen Verpackung ihr vertraut vorkommt und macht sich erneut auf die Suche nach der Wurst.

Die feine, nimm nur die feine, hört sie in Gedanken ihre Mutter ihr auftragen.

Energisch setzt sie sich in Bewegung.

Warum ist es hier bloß so kalt und das Licht so gleißend hell, wo sind die freundlichen Verkäuferinnen, die ihr sonst immer so behilflich sind?

Endlich sieht sie in der Ferne eine gläserne Theke, hinter deren Scheiben einladend Wurst und Fleisch liegen.

Und tatsächlich steht auch ein menschliches Wesen hinter dieser Theke und schaut sie auffordernd an.

Ihr stockt fast der Atem, als sie erkennen kann, wer da hinter der Theke auf sie wartet.

Diese Person trägt eindeutig die Gesichtszüge ihrer so verhassten Tante, hat jedoch einen Mundschutz vor die untere Gesichtshälfte gezogen, so dass ihr eine genauere Betrachtung und Bestätigung ihres Verdachts schwer fällt.

Ansonsten ist sie ganz in weiß gekleidet, trägt sogar eine weiße Haube auf dem tiefschwarz gefärbten Haar.

In der rechten Hand hält sie eine große Fleischgabel, die sie Helen drohend entgegenstreckt.

" Die feine, Du darfst nur die feine Leberwurst nehmen, sonst bekommst Du Ärger", zischt sie ihr aus zusammengepressten Lippen entgegen.

"Du bösartige Schlange"

Helen ballt vor Wut beide Fäuste zusammen.

Warum ist es plötzlich nur so kalt?

Ist es wirklich nur die Kälte, die von der Kühltheke ausgeht oder strahlt noch etwas anderes diese Kälte aus?

Fröstelnd dreht sie sich um und geht in die Richtung, in der sie die Kassen vermutet.

Sie bemerkt, wie sich hinter ihrem Rücken geräuschvoll Etwas oder Jemand bewegt, ihr näher kommt.

Ängstlich läuft sie, ohne sich umzublicken, weiter.

Nach scheinbar endlosen Sekunden kann sie die Kasse erblicken, rennt darauf zu und bleibt außer Atem davor stehen.

Teilnahmslos wendet sich ihr die Kassiererin, die auf einem Drehstuhl sitzt, zu. Keine Regung ist in ihrem leichenblassen Gesicht zu erkennen.

Helen legt das Brot auf das Laufband , kramt hastig in ihrer Tasche nach Kleingeld.

Sie hat nur noch einen Gedanken:

Weg von hier, weg von diesem grellen Licht, der eisigen Kälte, der Bösartigkeit, die diese unwirkliche Umgebung ausstrahlt.

Stereotyp gibt die Kassiererin den Betrag ein, nimmt das abgezählte Geld entgegen und drückt ihr eine Rolle Rabattmarken in die Hand.

Helen schaut verblüfft auf das kleine Paket in ihrer Hand, hat aber nicht die Muße, nach dem Sinn und Zweck zu fragen, sondern beeilt sich, dass sie diesen Ort so schnell wie möglich verlassen kann.

Aufatmend lehnt sie sich draußen an die Eingangstür, lässt den Blick über den Parkplatz schweifen, um möglicherweise ein Auto zu erspähen, dass ihr gehören könnte.

Sie erkennt ein Fahrzeug, eindeutig ihr roter Van, den sie sonst immer für Einkaufsfahrten benutzt.

Sie will schon einsteigen, als sie zwei Reihen weiter das gleiche Fahrzeug in derselben Farbe bemerkt.

Darin sitzen zwei Kinder, ein Mädchen und ein Junge, und versuchen vergeblich, das Auto zu starten.

Helen kommt diese Situation so absurd und lächerlich vor, dass sie anfängt, lauthals zu lachen.

"Was ist denn daran so komisch?"

Der Junge aus dem Van steht plötzlich vor ihr und mustert sie, die Hände in die Hüften gestemmt, zornig von oben bis unten.

Helen schluckt schuldbewusst:

" Verzeihung, kann ich dir helfen?"

"Kannst du, wir müssen nach Hause, sofort!"

Damit deutet er energisch auf das Auto, in dem das kleine Mädchen noch sitzt.

Achselzuckend folgt ihm Helen, setzt sich auf den Fahrersitz, das kleine Mädchen neben sich sitzend.

Der Junge kletterte auf die Rückbank und dirigiert sie auf Straße.

Helen kommt der Weg mehr als bekannt vor, es ist ihr Schulweg, den sie täglich zur Grundschule gegangen ist.

All die Häuser kommen ihr so bekannt, so vertraut vor, bis sie endlich vor einem großen gelb geklinkertem Haus stehen bleiben soll.

"Hier ist es, kommst du mit hoch, unsere Mutter wartet schon?!"

Ohne eine Antwort abzuwarten sind die Kinder schon im Treppenflur verschwunden.

Bevor die Haustüre wieder ins Schloss fallen kann, schlüpft sie schnell hindurch und steht im Inneren des Hauses.

Wieder diese abgestandene Luft, der Geruch, der ihr so bekannt vorkommt . Ein Stockwerk über sich hört sie Schritte und eine Türe, die geöffnet wird. "Kommst Du?"

Der Junge beugt sich fragend über das Treppengeländer über ihr.

Sie nimmt zwei Stufen auf einmal und hastet die Treppe hinauf.

Die Eingangstüre steht einladend offen und nachdem sie sich noch einmal Luft holend umgeschaut hat, tritt sie hinein.

Sie steht in einem Wohnflur, der absolut leer ist.

Einzig fünf Türen kann sie erkennen, die von dem Flur abgehen, von denen eine einladend offen steht.

Nach kurzem Zögern geht sie beherzt darauf zu, stößt sie mit den Fingerspitzen etwas auf, um sie dann beherzt ganz aufzustoßen.

Der Raum, der nunmehr vor ihr liegt, ist leer, bis auf drei große Holzbänke, die jeweils an einer Seite des Raumes stehen.

Obwohl dieser Raum anscheinend kein Fenster besitzt, ist er von einer unbekannten Lichtquelle taghell beleuchtet.

Die Bänke sehen mit ihrer Holzlattung und den großen geschwungenen Rückenlehnen einladend aus.

Neugierig tritt sie näher, legt ihre Hand auf das Holz, das sich angenehm warm anfühlt.

Angespannt dreht sie sich mehrmals um, um sich dann langsam auf die Sitzfläche gleiten zu lassen.

Überrascht muss sie feststellen, dass der angenehme Eindruck des warmen Holzes scheinbar die ganze Bank betrifft. Anscheinend hat jemand in die Holzbänke eine Sitzheizung eingebaut .

"Eine Heizung in einer Holzbank, wie absurd," denkt sie bei sich .

Aber entspannt lehnt sie sich zurück, schließt die Augen , genießt die Wärme. Vielleicht kann sie sich ein wenig ausruhen, ein wenig träumen und vielleicht auch damit Domaris zu finden, den Ort, den sie so sehr braucht und den zu finden, ihr immer wieder so schwer fällt.

Sie fühlt, wie sie in ihrem Traum noch tiefer sinkt, noch mehr in die Tiefen ihrer Vorstellung, ihrer Sehnsüchte eintaucht.

Aber das Rufen einer Kinderstimme holt sie zurück, so dass sie unwillig die Augen aufschlägt.

"Wann kommst Du, Mama wartet schon auf Dich?" klingt die Stimme an ihr Ohr. Müde reckt sie sich, steht auf und tritt hinaus auf den Flur.

Der Flur erscheint ihr so dunkel, eben ist es doch noch heller gewesen?

Alle Türen scheinen verschlossen und sie kann keinen Hinweis entdecken, woher die Kinderstimme kam.

Alle Türen sehen gleich aus, bis auf die, durch die sie in die Wohnung gelangt ist.

Diese hat im Gegensatz zu den anderen Türen einen Spion, ein Guckloch, aus der der Betrachter von innen, Vorgänge im Hausflur beobachten konnte.

Ein ungutes Gefühl beschleicht sie, dass sie am falschen Ort ist und schleunigst dieses Haus wieder verlassen sollte.

Doch vorher will sie noch einen Blick durch diesen Spion werfen, ob sie durch diese Türe wirklich den besten Weg wählen würde.

Der Spion ist so niedrig angebracht, dass sie dafür in die Knie gehen muss.

Angestrengt presst sie ihr Auge dagegen und blickt nach draußen.

Nichts, sie kann nur einen Treppenflur erkennen.

Aber warum wird es plötzlich immer dunkler?

Die Dunkelheit kriecht die Treppe hinauf, wie eine dunkle Wolke, die sich langsam ausbreitet, um sich danach blauschwarz in einer Gewitterfront zu entladen.

Die Schwärze erreicht fast die Haustüre, hinter der sie steht und plötzlich weiß sie, dass dieses Unheimliche, dieses Dunkle einen Weg finden würde, durch die Türe zu gelangen, hinter der sie steht.

Entsetzt stößt sie sich mit beiden Händen ab und lauscht.

Ein Klopfen hat eingesetzt. Ein Klopfen, was immer lauter zu werden scheint, energischer, drängender.

Sie spürt wie die Dunkelheit ihren Weg zu ihr sucht, vor der Türe lauert, bereit, sich ihren Weg zu ihr zu bahnen.

Mit angehaltenem Atem nimmt sie all ihren Mut zusammen und riskiert nochmals durch das Türauge einen Blick in den Hausflur- vergebens, außer der Dunkelheit, die keine Konturen erkennen lässt, ist nichts zu erkennen.

Nur das Geräusch, dieses laute Pochen, ist nur noch schwach zu hören, entfernt sich immer weiter.

Wieder überkommt sie das Gefühl, dass sie unbedingt hier raus muss, weg von diesen merkwürdigen Kindern, den seltsamen Einrichtungsgegenständen.

Mit einem Ruck reißt sie die Türe auf und prallt, nach Luft schnappend, zurück.

Die Dunkelheit scheint sich manifestiert zu haben und stürzt sich sofort auf sie und drückt sie zu Boden.

Sie hat das Gefühl das Bewusstsein zu verlieren und schreckt mit einem Aufschrei auf.

Unfreiwillige Befriedigung

Zitternd und mit einem leichten Schweißfilm überzogen, der jeden Winkel ihres Körpers erfasst hatte, kam sie langsam wieder zu sich.

Geträumt, schon wieder nur geträumt, aber mit Erschrecken stellte sie fest, dass sie Gefahr gelaufen war, während ihrer Traumphase das Bewusstsein zu verlieren.

Plötzlich sehnte sie sich nach einer erfrischenden Dusche, um den Schweiß, aber auch die Gedanken, die sie tagtäglich beschäftigten und ihr Leben bestimmten und beeinflussten, abzuspülen.

Wohlig ließ sie das warme Wasser auf sich herab prasseln und neigte ihren Kopf in den Nacken, um einige Tropfen mit dem Mund aufzufangen.

Dabei bemerkte sie nicht, wie sich die Schiebetüre der Dusche einige Zentimeter öffnete. Sekunden später wurde sie von zwei starken Armen umfasst und ihr Kopf sanft aber bestimmt herumgedreht.

Bevor sie erschreckt aufschreien konnte, hatte Mark, schon seine Lippen auf die ihren gepresst und sie noch fester an sich gezogen.

"Was für eine schöne Überraschung am frühen Abend," murmelte er verlangend in ihr Ohr.

Sie stemmte beide Hände gegen seine Brust und versuchte, sich aus seiner Umklammerung zu befreien.

"Nein, diesmal nicht," knurrte er und zog sie wieder an sich. Dabei spürte sie, wie sich sein erigiertes Glied verlangend an ihr rieb.

Resignierend stöhnte sie leicht auf und gab ihren Widerstand auf.

Schon so lange hatte sie ihn vertröstet, sein sexuelles Verlangen absichtlich ignoriert, immer wieder Ausreden gefunden.

Aber diesmal schien er sich von seinem Vorhaben nicht abbringen zu lassen und im tiefsten Inneren spürte sie, nach Monaten, wie sich auch bei ihr eine leichte Erregung bemerkbar machte.

Nicht ausgeprägt, aber immerhin so stimulierend, dass sie diesmal den Beischlaf nicht nur als notwendiges Übel ertragen konnte.

Sie musste unwillkürlich an die Aussage einer früheren Freundin denken, die nach Jahren eines unerfüllten Ehelebens ihr im Vertrauen mitteilte, dass man ihr die Vagina eigentlich zunähen könnte, da sie keinerlei Befriedigung mehr erfahre und ihr Mann entweder kein sexuelles Verlangen mehr habe oder es sich anderweitig besorge.

Soweit wollte sie es nicht kommen lassen, aber es fiel ihr so schwer, sich fallen zu lassen, abzuschalten und sich nur auf die körperliche Befriedigung zu konzentrieren.

Sie hungerte nach Berührungen, nach Streicheleinheiten, die aber jedes Mal unweigerlich damit endeten, dass sie hinterher nackt unter Mark lag, während er brutal in sie hineinstieß um sich hinterher stöhnend von ihr herunter zurollen.

Meistens gab er danach Ruhe, rollte sich zusammen und schlief schnarchend vor ihr ein, während sie die Spuren des Akts im Badezimmer beseitigte und im Spiegel angewidert ihren benutzten Körper betrachtete.

In seltenen Fällen war er eher nörgelnd und warf ihr vor, einem Stück Holz gleichzukommen.

Dieser Vorwurf traf sie immer besonders, obwohl sie wusste, dass er Recht hatte, obwohl sie sich redlich bemühte, wenigstens einige körperliche Bewegungen unter ihm zu vollführen und zumindest des öfteren einen Orgasmus vortäuschte.

"Du bist heute so weich, so nachgiebig," stöhnte er, während er ihre Brüste mit einer Hand liebkoste, während die andere verlangend ihren Kitzler stimulierte. Fest presste er seine Lippen auf die ihren und stieß fast brutal mit der Zunge in ihren Mund.

Entsetzt aber gleichzeitig erregt stöhnte sie auf.

Irgend etwas lief hier nicht nach Plan, war nicht so wie sonst.

Nachdem er sich wieder etwas von ihr gelöst hatte, drückte er sie sanft aber energisch nach unten.

"Nimm !" zischte er," darauf warte ich schon seit Monaten."

Bevor sie protestieren oder sich zur Wehr setzen konnte, hatte er ihr sein Glied schon in den Mund geschoben.

Dabei hatte er ihren Kopf fest zwischen seine Hände genommen und forderte sie damit auf, in rhythmischen Bewegungen sein Glied zu stimulieren.

Sie unterdrückte den Würgereiz der sie überkam, als die Eichel seines Penis fast an ihr Zäpfchen stieß.

Doch plötzlich ließ er sie mit einem Griff innehalten, packte mit einer Hand ihre Haare und zog damit ihren Kopf in den Nacken.

"Dreh dich um" flüsterte er heiser und presste sie dann gegen die Wand der Dusche.

Dabei spreizte er mit beiden Händen ihre Beine weit auseinander ging ein wenig in die Knie und drang in sie ein.

Mit rhythmischen Stößen wurde sie immer wieder gegen die Wand gedrückt und versuchte, sich mit beiden Händen von der feuchten Duschwand abzustützen.

"Ja, so ist es gut", stöhnte er und bearbeitete sie so lange weiter, bis sie spürte, dass er kurz vor dem Erguss stand.

Mit einem Aufstöhnen packte er ihre beiden Hüftknochen und zog sie noch enger an sich, stieß noch einmal tief und heftig zu, um dann erschöpft kurz innezuhalten.

Mit langsamen abwechselnd stoßenden und kreisenden Bewegungen kam er zum Ende seines Orgasmus.

Dabei massierte er mit seinen Händen ihre Brüste und tastete sich mit seinem Mund, ihren Hals entlang, zu ihrem Ohr hin.

"Hat es Dir gefallen, ?" nuschelte er selbstgefällig an ihrem Ohr.

Sie überlegte kurz: Was sollte sie ihm sagen oder was wollte er hören?

Dass sie nicht in Stimmung war, dass sie keinen Orgasmus hatte, dass sie im Grunde genommen nicht bereit war, nicht bereit für Zärtlichkeiten, geschweige denn für einen Beischlaf.

Sicher keine gute Idee.

"Es war wunderschön" .

Sie drehte sich um, nachdem er aus ihr geglitten war und legte ihm beide Arme um seinen Nacken.

"Wunderschön!" Dabei hauchte sie ihm einen Kuss auf die Wange.

Er duschte sich rasch noch einmal ab, schnappte sich ein Handtuch und verschwand mit den Worten:" Bin gleich beim Training und danach noch ein Bier trinken, Du brauchst also nicht auf mich zu warten."

Erschrocken schaute sie auf ihre Uhr und stellte fest, dass es schon nach 19.00 Uhr war.

"Wo ist Yasmin?" rief sie ihm hinterher.

"Bei ihrer Freundin Jeanette, die schmeißt doch heute eine Party und Yasmin übernachtet bei ihr. Müsstest Du aber doch eigentlich wissen!"

Nachdenklich runzelte sie die Stirn: Hatte sie den Termin wirklich vergessen oder war wieder eine Absprache zwischen den beiden getroffen worden und sie war unbewusst oder eher bewusst ausgeschlossen worden?

Seufzend trat sie aus der Dusche, um sich abzutrocknen. Von nebenan hörte sie noch ein entferntes "Bin weg" und eine Türe schlagen.

Alleine, sie war wieder alleine, in diesem Haus, welches ihr manchmal so bedrückend vorkam, sie umschloss mit seinen Mauern und ihr das Gefühl gab, eine Gefangene zu sein, eine Gefangene eingeschlossen mit ihren Ängsten, ihren Träumen ihren Sehnsüchten.

Sie blickte auf und betrachtete ihren nackten Körper im Spiegel, vor dem sie stand.

Der aufrechte Stand ihrer Brüste hatte im Laufe der Jahre nachgelassen und darunter rundete sich ein kleiner Bauch.

Unwillig betrachtete sie die Ansammlung von Fett auf ihren Hüften, nahm ein Stück zwischen Daumen und Zeigefinger und verzog resigniert das Gesicht, als sie sich selber kniff.

Sie brachte ihr Gesicht näher zum Spiegel und strich mit ihren Fingern vorsichtig über die feinen Falten, die sich am äußeren Augenrand tummelten.

Es ließ sich nicht verleugnen- sie war keine zwanzig mehr und ihre Lebensuhr tickte unerbittlich, langsam aber stetig setzte der Alterungsprozess ein.

Sie dachte an Yasmin- war sie eifersüchtig auf ihre Tochter, die noch so jung war und ihr ganzes Leben noch vor sich hatte?

Die alles tragen konnte, egal wie knapp es auch geschnitten war, die immer frisch aussah, egal wie wenig sie geschlafen hatte ?

Eigentlich nicht, schließlich hatte sie einen Erfahrungsschatz, den sich nicht mehr eintauschen wollte.

Aber ein kleiner Selbstzweifel blieb und nagte an ihr.

Vergraben, aber nicht wegzudenken, nicht auszuschließen aus ihren Gedanken.

Sie musterte ihr Spiegelbild noch einmal gründlich und beschloss dann, mit dem Ergebnis, dass sich ihr da bot, zufrieden zu sein.

Nachdem sie sich etwas übergezogen hatte, wanderte sie unschlüssig durch das Haus.

Ein langer einsamer Abend stand ihr bevor.

Was blieb ihr anderes übrig, als sich vor den Fernseher zu setzen, um wenigstens eine Scheinlebendigkeit ins Haus zu bringen.

Vor einiger Zeit hatte sie versucht, sich im Internet mit Gleichgesinnten zu schreiben, aber da sie nicht regelmäßig vor dem Bildschirm sitzen mochte, waren die ersten Kontakte wieder schnell im Sande zerlaufen.

Früher hatte sie sich auch begeistert auf Bücher gestürzt, hatte Antworten in wissenschaftlicher Literatur gesucht, aber heute war sie nicht mehr fähig, auch nur mehr als einige Zeilen zu lesen.

Schnell war sie ermüdet und konnte sich nicht länger konzentrieren, so dass sie frustriert keinerlei Versuche mehr wagen mochte, ein neues Buch zu lesen.

Aber sie konnte eine Freundin anrufen, das hatte sie sich schon so lange vorgenommen, aber immer wieder Gründe gefunden, dieses Unterfangen hinauszuschieben.

Nervös kratzte sie sich ihre Hände- was würde die Freundin sagen, wenn sie sich nach Monaten des Stillschweigens wieder bei ihr meldete?

Ehe sie es sich anders überlegen konnte, griff sie schnell zum Hörer und wählte die Nummer.

Mit pochendem Herzen hörte sie das Läuten am anderen Ende der Leitung, war fast versucht, den Hörer wieder aufzulegen.

Doch dann hörte sie die Stimme ihrer Freundin und für einen Moment hatte sie das Gefühl, ihr Herzschlag setze für eine Sekunde aus.

"Hallo Anne, hier ist Helen", meldete sie sich unsicher.

Nach einem Augenblick, die ihr unendlich lang vorkam, erklang eine Stimme, argwöhnisch und ablehnend:

"Ach Du bist es Helen, ich hatte gar nicht erwartet, dass Du Dich noch einmal meldest."

Helen schluckte trocken, was hatte sie erwartet?

Dass ihre Freundin vor Freude über ihren Anruf keine Worte fand, oder besser noch, sich ihre Worte vor Freude fast überschlugen?

Momentan hatte sie nur das Gefühl, dass ihr Anruf unerwünscht war und ungelegen kam, dass ihre Freundin ihre Freundschaft schon zu den bearbeiteten und abgelegten Akten gelegt hatte und nunmehr unangenehm überrascht über das plötzliche Wiederaufleben derselben war.

Wie konnte sie nur so dumm sein, zu glauben, dass Anne nur Monate darauf gewartet hatte, dass sie sich wieder bei ihr meldete?

Nachdem sie einige Banalitäten ausgetauscht hatten, verabschiedete sich Helen hastig mit der Bemerkung, dass Mark gerade nach Hause gekommen sei und sie sich um das Essen kümmern müsse.

Mit der Abschiedsfloskel :

Schön, dass Du angerufen hast, wir können uns ja demnächst mal auf einen Kaffee treffen, verabschiedete sich Anne von ihr.

Enttäuscht starrte Helen den Telefonhörer in ihrer Hand an und legte ihn heftig auf die Ladestation zurück.

Es lag an ihr- eindeutig, dachte sie resigniert.

Sie hatten niemanden mehr.

Keinen, der sich für sie, ihre Empfindungen, ihre Gefühle, ihre Gedanken und Ängste interessierte.

Vielleicht würde es alle wachrütteln, nachdenklich machen, wenn sie plötzlich nicht mehr da wäre.

Sie hatte schon öfters Überlegungen darüber angestellt, wie es wohl wäre, wenn sie nicht mehr leben würde.

Es wäre so einfach, alle ihre Nöte, ihre Ängste und Sorgen würden sich quasi in Luft auflösen, sie bräuchte keinem mehr Rechenschaft ablegen oder Erklärungen geben.

War das Erstreben dieses Zieles, der Tod als Lösung, nicht erstrebenswert? Sie holte tief Luft.

Sie hatte Verantwortung ihrer Tochter gegenüber, egal wie zerrüttet ihr Verhältnis derzeit war.

Außerdem überwog die Angst vor dem möglichen Nichts und ihr Rationalismus gegenüber der Lösung, aus dem Leben zu scheiden.

Unruhig wanderte sie durch die Wohnung.

Vielleicht sollte sie sich ablenken, noch einmal in die Stadt fahren und durch die Geschäfte bummeln.

Aber sie verwarf den Gedanken sofort wieder.

Sie hasste das Gedränge in den Geschäften, die vielen Menschen in der Stadt. Es verursachte bei ihr ein Gefühl der Enge, nahm ihr die Luft zum Atmen.

Ihr Hausarzt hatte ihr erklärt, dass sie wahrscheinlich an Agoraphobie leide, aber im Grunde genommen war es ihr egal, wie ihre Ängste bezeichnet wurden.

Sie hasste sich für ihre Schwächen und versuchte möglichst eine Vermeidung dieser Umstände zu erreichen.

Autofahrten wurden auf kurze Distanzen beschränkt, Lebensmittel bei einem kleinen Laden in der Nähe gekauft und Bekleidung und andere notwendige Gegenstände versuchte sie weitgehend über den Versandhandel zu erwerben.

Mark hatte sich schon diverse Male über den regen Postzustellungsverkehr lustig gemacht, übernahm aber freiwillig notwendige Einkaufsfahrten in die größeren Discounter.

Ein Buch, sie konnte endlich ihr Buch weiterlesen, was schon seit Wochen ein ungelesenes trauriges Dasein auf ihrem Nachttisch fristete.

Euphorisch lief sie ins Schlafzimmer und griff sich das Buch, aus welchem das Lesezeichen anzeigte, dass sie über die ersten Seiten nicht hinausgekommen war.

Aber sie konnte sich einfach nicht konzentrieren.

Immer wieder verschwanden die Buchstaben vor ihren Augen und geduldig suchten sie wieder den Zeilenanfang und kamen doch nicht über die ersten Sätze hinaus.

Enttäuscht und zornig auf sich selbst schloss sie das Buch und legte es heftig zurück auf den Nachttisch.

Ihre Augen brannten, ihr Kopf schmerzte und sie verspürte einen leichten Anflug von Schwindel.

Schon bemerkte sie, wie ihr Atmen heftiger wurde und ihre Handinnenflächen transpirierten und ekelhaft feucht wurden.

Etwas benommen suchte sie nach einer Sitzmöglichkeit und ließ sich auf einem Stuhl nieder.

In Gedanken malte sie sich aus, was passieren könnte, sollte sie tatsächlich eine Ohnmacht überkommen oder Schlimmeres.

Wahrscheinlich würde sie über Stunden unbemerkt im Haus liegen, bevor Mark oder Yasmin nach Hause kämen und sich über ihre Abwesenheit wunderten.

"Mach Dich nicht verrückt," mahnte eine Stimme, "Mark würde Dich spätestens am späten Abend, wenn er nach Haus kommt, finden!"

"Und wenn nicht ", bohrte eine andere Stimme in ihr weiter," wenn er sofort ins Schlafzimmer ginge und sich nicht die Mühe machte, zu schauen, ob Du neben ihm im Bett liegst?"

Sie schüttelte heftig den Kopf- natürlich würde er nach ihr suchen, oder etwa nicht?

Ihr Kopf schmerzte mittlerweile so sehr, dass sie es an der Zeit fand, etwas dagegen zu tun.

Da sie noch den ganzen Abend vor sich hatte, entschied sie sich, direkt zwei Tabletten zu nehmen.

Eine mehr konnte bestimmt nicht schaden und würde wenigstens die erwünschte Wirkung zeigen.

Einigermaßen entspannt ließ sie sich auf dem Sofa nieder und schaltete den Fernseher ein.

Nervös zappte sie sich durch die Programme und konnte doch keinen Sender finden, der ihre Aufmerksamkeit länger als einige Sequenzen hätte fesseln können.

Müde schloss sie die Augen und bemerkte, wie eine innere Unruhe sie wieder erfasste, dafür sorgte, dass ihr Herz vermeintlich schneller schlug , sie sein lautes Pochen dröhnend in ihren Ohren hörte. Dass ihr Blut rauschte und ihr rasend schnell in den Kopf stieg, ihr Magen ihr das Gefühl vermittelte, langsam aber stetig zusammengedrückt zu werden und ihr Mageninhalt und Magensäure in die Speiseröhre gedrückt wurde.

Mit einem Würgen sprang sie auf und hastete zur Toilette.

Sie schaffte es gerade noch den Toilettendeckel zu öffnen und vor der Schüssel auf die Knie zu sinken.

Mit einer rhythmischen Bewegung versuchte ihr Magen, das Wenige, was sie im Laufe des Tages gegessen hatte zusammen mit einer Portion Magensäure von sich zu geben.

Es schmerzte furchtbar, ihre Lungenflügel schrien empört auf, ihre Augen quollen hervor und tränten als sie mit lauten Gurgelgeräuschen dem Druck von innen nicht mehr standhalten konnte und wieder und wieder in das Wasser, was in der Toilette stand, spucken musste.

Sie fühlte sich so elend, so hilflos, war sie doch machtlos gegenüber den Würgereflexen, die endlich nachließen.

Stöhnend richtete sie sich auf und drehte den Wasserhahn am Waschtisch auf, um ihr gerötetes Gesicht mit den schmerzenden Augen unter den kühlen Wasserstrahl zu halten.

Erschöpft trocknete sie vorsichtig Gesicht und Hände ab.

Ihr Magen drückte schmerzvoll, eigentlich ihr ganzer Bauch und sie entschied sich, einen Cognac zur Beruhigung zu sich zu nehmen.

Schwungvoll füllte sie das Glas fast bis zum Rand und setzte es an den Mund, um einen großen Schluck zu sich zu nehmen.

Besser, entschieden besser ging es ihr jetzt, befand sie für sich.

Nicht nur, dass der Alkohol scheinbar ihren gereizten Magen beruhigte, sondern sie fühlte sich im Ganzen besser, irgendwie wohlig und warm.

Dieses Phänomen hatte sie in letzter Zeit schon öfters nach dem Genuss eines Glases Cognac bemerkt und langsam aber stetig die eingefüllte Menge erhöht. So konnte sie sich vorgaukeln, nur ein Glas getrunken zu haben, obwohl die konsumierte Menge mindestens dem Inhalt von drei Gläsern entsprach.

Mit einem Seufzen setzte sie das Glas nochmals an, um den verbliebenen Inhalt in einem Zug zu leeren.

Mit einem Seufzen ließ sie sich wieder auf der Wohnzimmercouch nieder, kuschelte sich in eine Decke und versuchte, sich wieder auf das Fernsehprogramm zu konzentrieren.

Sie wehrte sich nicht, als sie spürte, wie ihre Lider langsam schwer wurden.

Liebe und Hass

Es ist Sommer und die ganze Schulklasse ist in einer Jugendherberge angekommen. Ausgelassen werden die Zimmer verteilt und gemeinsam die Betten bezogen.

Ihre Mutter hat ihr rot-weiß-karierte Bettwäsche mitgegeben, was für Erheiterung bei ihren Freundinnen sorgt.

Die Klassenlehrerin taucht auf und bittet einen Augenblick um Ruhe:

"Ihr solltet Eure Eltern anrufen und ihnen mitteilen, dass ihr gut angekommen seid!"

Ein Telefon mit einem überdimensional wirkenden Hörer steht um die Ecke auf dem Flur und scheint nur darauf zu warten, dass man ihn abnimmt und die Wählscheibe betätigt.

Alle plappern laut durcheinander und Helen blickt sich genervt um, ob sie dem Lärm nicht entgehen kann.

" Helen, Du musst noch anrufen, Du bist die Letzte," tönt es durch den Flur.

Sie nimmt zögerlich den Telefonhörer entgegen, der ihr angeboten wird und wählt die Nummer von zu Hause.

Es klingelt und klingelt, doch auf der anderen Seite der Leitung wird nicht abgehoben.

Wieder und wieder versucht sie es, doch niemand nimmt das Gespräch entgegen.

Ihr Vater steht plötzlich neben ihr und ermuntert sie: " Probier es noch einmal, Schatz!"

Doch wieder hört sie nur das monotone Läuten in der Leitung.

"Wo ist sie, warum geht sie nicht ran?", schreit sie ihren Vater an. "Sie weiß doch, dass sich sie anrufen will, warum geht sie nicht ans Telefon?"

Tränen der Enttäuschung, der Wut, der Angst rinnen ihr über das Gesicht.

Sie blickt sich um und sieht, wie ihre Klassenkameraden betreten auf den Boden starren, wie sich ihr Vater hilflos mit den Händen durch sein schütteres Haar fährt.

"Warum können alle mit ihren Müttern sprechen, warum ich nicht, was hat sie gegen mich?" schluchzt sie unter Tränen.

"Vielleicht sieht sie an der Nummer, dass Du es bist, benutze ein anderes Telefon," hört sie eine Stimme aus dem Hintergrund.

Ein anderes, etwas kleineres Telefon wird ihr in die Hand gedrückt.

Mit unsicheren Fingern gibt sie erneut die Telefonnummer ein und wartet darauf, dass jemand, ihre Mutter abnimmt.

"Mama, nimm ab, "flüstert sie, "Ich bin es, ich will doch nur noch einmal mit Dir reden!"

Als ihr Vater sie tröstend in den Arm nehmen will, schüttelt sie ihn ungeduldig ab, als sie am anderen Ende eine Stimme hört, weit entfernt, aber doch so vertraut, dass sie ungläubig in Tränen ausbricht.

"Helen, hörst Du mir zu?" hört sie die geliebte und so lange nicht mehr gehörte Stimme.

"Ja Mama, "schluchzt sie verzweifelt und glücklich zugleich.

"Wo bist Du Mama, ich vermisse Dich so, warum bist Du so plötzlich fort gegangen?"

 Doch sie erhält keine Antwort, sondern sie hört wieder nur ein fernes Telefonklingeln, welches lauter und lauter zu werden scheint.

Unwillig schlug sie die Augen auf.

Das Klingeln schien von einer Geräuschquelle auf dem Tisch zu kommen.

Das Telefon, ging es ihr durch den Kopf, es ist das Telefon im Haus. Widerstrebend nahm sie den Hörer in die Hand und drückte die Verbindungstaste.

"Ja?" nuschelte sie unwirsch und unfreundlich hinein.

"Hallo Helen, hier ist Papa," tönte es zurück.

Sie spürte, wie sich ihre Hand um den Telefonhörer krampfte.

Lag irgend etwas Besonderes an, ihr Geburtstag lag schon lange zurück, Weihnachten stand noch nicht an und auch sonst konnte kein besonderer Grund für seinen Anruf vorliegen, außer….

"Liegt etwas Besonderes an ?" fragte sie misstrauisch .

Alle Fasern ihres Körpers waren in Angriffsstellung, ihre Körperhaltung und ihr Sprachzentrum drückten Abwehr aus.

"Nein, nichts Bedeutendes, ich wollte mich nur nach dem werten Befinden meiner Tochter und meiner Enkeltochter erkundigen."

"Du rufst doch sonst nicht an, also sag schon was ist?"

"Es ist fast zehn Jahre her, dass Deine Mutter uns verlassen hat…"

"Und- es kümmert Dich doch sonst anscheinend auch nicht, Du hast Dich doch wunderbar schnell getröstet", entgegnete sie bitter.

"Sei nicht so hart mit mir," bat die Stimme am anderen Ende," es macht es mir nur etwas leichter, aber vergessen habe ich Deine Mutter nicht."

Vergessen wohl nicht, aber tief begraben in seinem Bewusstsein, dachte sie mit einem Anflug von Bitterkeit.

"Und deswegen rufst Du mich jetzt an- nur um mir zu sagen, dass Mama seit zehn Jahren tot ist?"

Sie spürte, wie sich Wut, Hass und Unverständnis für diesen Mann, der ihr Vater war, in ihr aufbauten.

"Nein, nicht nur, ich wollte Dich bitten, einen Strauß roter Rosen für ihr Grab zu besorgen und für mich darauf abzulegen. Esther fühlt sich momentan nicht so wohl für eine lange Fahrt und außerdem steht bald ihr Geburtstag an, für den wir eine größere Feier planen."

Also das war es!

Esther, seine Lebensgefährtin hatte es wieder geschafft, sich in den Vordergrund zu drängen und ihn so zu manipulieren, dass er das Gedenken an den Todestag ihrer Mutter, seiner Frau hinten anstellte.

Mit beiden Händen hielt sie den Telefonhörer umfasst und hielt ihn so weit wie möglich von sich weg.

Eine Welle der Übelkeit überrollte sie und trieb ihr Tränen in die Augen.

Oh, wie sie Esther und deren ganzen Sippe hasste.

Sie atmete mehrmals heftig ein und aus, bevor sie die Sprechmuschel wieder an ihren Mund hielt.

"Habe ich Dir eigentlich schon einmal gesagt, wie sehr ich Esther und ihren ganzen familiären Anhang hasse, ich finde Euch alle zum Kotzen und ich verfluche den Tag, als Ihr Euch kennen gelernt habt. Wie kannst Du das mir, wie kannst Du das Mama antun!"

"Helen, überleg Dir was Du sagst ,immerhin bin ich Dein Vater und ich lebe mit Esther glücklich zusammen."

"Dann lebe Dein Leben, in meinem Leben und das meiner Familie hast Du keinen Platz mehr," schrie sie mit zitternder Stimme, während ihr vor Kummer und Schmerz heiße Tränen die Wangen herabließen.

Ohne ihrem Vater noch die Gelegenheit zu geben, sich zu rechtfertigen oder ihren Worten die Schärfe zu nehmen, legte sie auf.

Ein ungutes Gefühl breitete sich aus, etwas stand ungelöst im Raum und wartete auf Klärung.

Aber sie sah sich mental nicht in Lage, ihren Vater nochmals anzurufen und ihren Ausbruch zu erklären.

Noch nicht, vielleicht später, wenn sie erkennen würde, erkennen musste, dass auch er ein Recht auf sein Leben hatte, ein Leben, in dem sie nun nicht mehr an erster Stelle stand, ein Leben mit dem Recht auf Vergessen.

Aber es fiel ihr schwer, so schwer zu akzeptieren, dass ihn Esther so sehr vereinnahmte und er offensichtlich diesen Zustand genoss.

Und sie schien offensichtlich auch kein Interesse daran zu haben, das Verhältnis zwischen Vater und Tochter wieder aufzubauen.

Sie verspürte wieder dieses Gefühl der Wut, gepaart mit Hilflosigkeit, das Unvermögen zu handeln, den Zustand zu ändern.

Alles in ihr sehnte sich danach, drängte sie geradezu, ihn anzuschreien, ihn aufzuwecken in seiner Lethargie, seinem Leben.

"Sieh her, ich existiere auch noch, ich bin Deine Tochter , nimm an meinem Leben, meinem Nicht-Leben teil- hilf mir! Bitte !

Verzweifelt presste sie ihre beide Fäuste gegen ihre Augen, aus denen die Tränen liefen.

Geräuschvoll musste sie ihre Nase hochziehen, dann setzte sie sich entschlossen auf.

Sie wollte nicht schon wieder weinen, sich nicht schon wieder in Kummer und Selbstmitleid ertränken. Es gab keine Lösung, keinen Ausweg und sie wollte ihren Vater nicht vor die Wahl stellen, sich zwischen ihr und Esther zu entscheiden.

Schließlich gönnte sie ihm sein neues Leben nach dem Tode seiner Frau, aber innerlich beschäftigte sie auch die Frage, ob er sich im Zweifelsfall wirklich für sie, seine Tochter, entscheiden würde.

Aufseufzend nahm sie wieder die Fernbedienung in die Hand, schaltete wahllos ein Programm ein, in dem anscheinend ein Spielfilm zu laufen schien, und versuchte, sich auf die Handlung zu konzentrieren , um dabei das vergangene Telefongespräch zu vergessen.

Sequenzen

Es ist warm, sommerlich warm. Die Luft schmeckt salzig, ein leichter Wind umspielt sanft ihr Gesicht, schmeichelt ihren offenen Haaren.

Vor ihr liegt ein sandiger Feldweg, gesäumt von Zypressen, der steil bergan steigt.

Einige Meter vor sich kann sie ihre Eltern erkennen, die, jeder mit einem Wanderstab in einer Hand, zügig voranschreiten.

"Wartet auf mich," schreit sie ängstlich, "lauft doch nicht weg!"

Doch so sehr sie sich auch müht, sie kann den Abstand zu ihren Eltern nicht verringern.

Dann teilt sich der Weg und sie kann nicht mehr erkennen, welchen Weg die Eltern eingeschlagen haben.

Ist es der Weg, der in seinen Windungen in einem Waldstück zu enden scheint, oder ist es der steile, aber sichtliche kürzere Weg, der auf eine Kuppe führt?

Panisch schaut sie sich um, wo sind ihre Eltern, welchen Weg soll sie nehmen?

Entschlossen entscheidet sie sich für den steileren Weg und setzt sich mühsam in Bewegung.

Immer wieder rutscht der Sand unter ihren Füßen weg und hindert sie am Fortkommen.

Nach einer mühseligen Zeit, die ihr unendlich vorkommt, hat sie es geschafft. Sie steht oben auf einer Klippe und unter ihr liegt ein wunderschöner breiter Sandstrand, an den sachte die Wellen des Meeres rollen.

Es ist so tief, so Schwindel erregend tief, dass sie sich nur einen kurzen Blick auf das Idyll erlaubt.

Dabei kann sie erkennen, dass ein Weg direkt zum Strand führt, der aus einem Wald zu kommen scheint.

Hat sie den falschen Weg genommen, sind ihre Eltern vielleicht schon am Meer und sie muss den ganzen Weg bis zur Gabelung zurücknehmen?

Enttäuscht wendet sie sich ab und erkennt ein Stück weiter ein Tunnelsystem mit zwei Eingängen.

War das nicht die Stimme ihrer Mutter, die sie da eben gehört hat.

Neugierig nähert sie sich den beiden Eingängen. Sie münden in zwei Röhren, die nebeneinander liegen und wie eine Rutsche konstruiert, in die Tiefe führen. *Hat sie da nicht soeben ihren Vater lachen hören und hat nicht ihre Mutter gerade ihren Namen gerufen?*

Doch welche Röhre soll sie nehmen, welche haben ihre Eltern genommen und wo führen die Rutschen hin?

Unentschlossen hockt sie sich vor die beiden Röhren, atmet tief durch und entscheidet sich für die linke. Sie setzt sich hin, stößt sich kräftig ab und rutscht ins Dunkle.

Es wird zusehends dunkler, die Fahrt immer schneller.

Sie versucht nur noch die Balance zu halten, verliert jegliches Gefühl für Raum und Zeit.

Wie lange mag sie sich schon im Tunnelsystem befinden, müsste sie nicht jeden Augenblick am Strand ankommen ? Wo sind die Eltern hin, ist sie auf dem richtigen Weg?

Endlich kann sie mit zusammengekniffenen Augen einen Lichtschein erkennen und bevor sie sich auf das abrupte Ende vorbereiten kann, sitzt sie schon auf einer Lichtung in einem Nadelwald.

Es duftet angenehm nach Tannennadeln, nach frischem Harz.

Es ist still, auffallend still im Wald.

Als sie sich umschaut, sieht sie neben sich ein Fahrrad liegen.

Es ist rot lackiert und die Chromteile funkeln in der Sonne.

Mit einem Schwung ist sie auf den Beinen und betrachtet neugierig das Fahrrad.

Irgendwie kommt es ihr bekannt vor, ihr Fahrrad aus ihrer Jugendzeit hat genauso ausgesehen.

Da es anscheinend nur darauf wartet, von ihr in Besitz genommen zu werden, richtet sie das Fahrrad auf und schiebt es neben sich her.

Als sie sich überlegt, sich in den Sattel zu schwingen, endet der Weg plötzlich in einem steilen Abhang, durchsetzt mit Baumwurzeln.

Es ist viel zu steil, um auch nur Überlegungen anzustellen, dort hinunter zu radeln.

Selbst ein Abstieg mit dem Fahrrad neben sich geschoben, wäre ihr viel zu gefährlich.

Bevor ihr noch eine Lösung einfällt, klingelt eine Fahrradglocke melodisch hinter ihr und zwei Mädchen im Alter von ungefähr 14 Jahren radeln an ihr vorbei, den Abhang hinunter.

Dabei blicken sie sich noch einmal spöttisch zu ihr um.

Es ist zu gefährlich, sie könnte stürzen, sich ernsthaft verletzen.

"Wie immer," denkt sie sarkastisch," keinen Mut zum Risiko."

Also schultert sie das Rad und verlässt den Weg, um sich einen neuen Weg, quer durch das Unterholz zu schaffen.

Immer höher, immer weiter klettert sie, bis sie auf eine Straße trifft.

Es ist kein Fahrzeug weit und breit zu sehen oder hören, keine Menschenseele kann sie erblicken.

Entschlossen setzt sie sich in den Sattel und radelt los.

Obwohl die Landschaft rechts und links von ihr vorbei zu fliegen scheint, hat sie das Gefühl, nicht von der Stelle zu kommen.

Ein kleiner Ort taucht in der Ferne auf und als sie näher kommt, erkennt sie einen kleinen Dorfplatz, um den einige Häuser malerisch gruppiert sind.

Vor einem Gasthof steht einladend eine Speisetafel mit den angebotenen Gerichten.

Angestrengt versucht sie die Tafel zu lesen- vergeblich, die Buchstaben scheinen vor ihren Augen zu verblassen und verschwinden dann auf unheimliche Weise.

Soll sie laut rufen, auf sich aufmerksam machen, sind ihre Eltern vielleicht in einem der Häuser?

Doch die Stille ist so beängstigend, so bedrückend und mit klopfendem Herzen radelt sie schnell weiter, verlässt diesen Ort, der scheinbar ohne Bedeutung für sie zu sein scheint.

Sie fährt auf einer vierspurigen Schnellstraße, auf der kein weiteres Fahrzeug zu sehen oder zu hören ist.

Weit entfernt kann sie Stimmen, Kindergeschrei hören.

Entschlossen tritt sie kräftiger in die Pedalen und kann auf der rechten Seite der Straße einen großen See erkennen.

Am Ufer und der angrenzenden Wiese spielen Kinder, lassen Luftballons steigen oder schwimmen im Wasser.

Alles sieht nach einer Geburtstagsfeier aus.

Neugierig tritt sie näher heran und erkennt einige ihrer Schulfreunde.

Alle aus ihrer Klasse scheinen eingeladen worden zu sein, aber sie hat man absichtlich oder unbewusst vergessen.

Sie spürt, wie ihr wieder heiß die Tränen hochkommen. Immer hat sie alle eingeladen zu ihren Geburtstagen, auch wenn sie oft Absagen erhalten hat, in der Hoffnung auf Gegeneinladungen.

Aber offensichtlich ist man an ihrer Gesellschaft nicht interessiert oder man hat sie schlichtweg vergessen.

Vergessen, weil sie so unauffällig ist, nichts Besonderes ist, keine engen Freunde hat. Aber da ist noch etwas, etwas was sie nicht sehen kann, aber es ist da , dunkel und böse, nutzt ihre Traurigkeit, ihre Einsamkeit aus.

Komm doch, scheint es zu rufen, bleib hier und du kannst mit deinen Freunden spielen, deine Eltern suchen, dein

Domaris finden. Bleib hier............ Sie schaudert, da ein kalter Wind aufkommt, der sie unsanft anfährt, sie umhüllt und sie erzittern lässt.

Sie will diesen Traum nicht weiterträumen, er macht traurig und gleichzeitig hat sie Angst, große Angst. Sie will aufwachen, sofort..! Wach endlich auf!

"Wach auf!"

Waren das ihre Worte?

Verwirrt schlug sie die Augen auf und sah Mark neben sich stehen, der sie an der Schulter rüttelte.

"Was liegst Du denn um zwei Uhr morgens noch im Wohnzimmer, wieder Tabletten genommen?"

Argwöhnisch schaute ihr Mark in die Augen.

"Hab ich nicht," rechtfertigte sie sich," ich war einfach nur müde und das Fernsehprogramm hat mich einfach nicht zum Wachbleiben animiert."

Doch Mark schien sich schon Richtung Schlafzimmer verzogen haben.

Mit einem Ruck setzte sie sich auf, beeilte sich, ihm hinterher zu laufen. Blitzschnell hatte sie sich umgezogen und ließ sich ins Bett gleiten und löschte aufatmend das Licht.

"Übrigens fahren wir morgen gemeinsam in die Stadt, Yasmin braucht einige Sachen für die Schule und ihren Computer und das können wir erledigen, wenn wir sie von ihrer Freundin abgeholt haben," kam eine Stimme aus dem Dunkel neben ihr.

Unwillkürlich hielt sie die Luft an.

Gemeinsam mit Mark und Yasmin in die Stadt und ausgerechnet an einem Samstag, wo die Stadt vor Menschen nur so wimmelte?

" Ich nicht, Ihr könnt gerne alleine fahren!"

"Können wir, will ich aber nicht, ich möchte, dass Du mitkommst, keine Wider-

rede!"

"Aber… "

"Helen jetzt ist Schluss, kein "Aber" - ich möchte das Du mitkommst, Punktum. Falls nicht, ist meine Geduld mit Deinen Eskapaden, Deinen Launen bald erschöpft und dann wäre es besser, wenn wir uns trennten, irgendwann ist Schluss!"

Sie spürte, wie ihr Körper kalt wurde und sich versteifte.

Langsam zog sie sich die Bettdecke bis über den Kopf und atmete fast unhörbar heftig ein und aus.

Sie hasste diesen Befehlston an ihm, aber noch mehr setzte ihr die ausgesprochene Drohung zu.

Sie wollte nicht verlassen werden, nicht alleine gelassen werden. Das Haus und das bisschen Familie waren das Einzige was ihr geblieben war. Wenn Mark ihr das nehmen würde, verlöre sie den Boden unter den Füßen, sie würde jeglichen Halt verlieren.

Andererseits regte sich eine Stimme in ihr, die sie zu Widerstand gegen seinen Befehlston aufforderte.

Aber sie wusste, dass sie diese Stimme unterdrücken musste.

Sie war nicht stark genug für eine Auseinandersetzung, die im Grunde so enden würde, dass Mark nur noch wütender wurde und seine Drohung wahr machen könnte.

Verzweifelt und unglücklich knetete sie mit den Händen ihre Bettdecke durch, während ihr lautlos die Tränen über die Wangen liefen.

Den Rest der Nacht verbrachte sie schlaflos und war froh, frühzeitig aufzustehen und das Schlafzimmer verlassen zu können.

Menschenmengen

Nervös saß sie auf der Beifahrerseite und bearbeitete mit ihren Händen fahrig den Stoff ihres Hosenbeines.

In Gedanken sehnte sie sich danach, schon auf der Rückfahrt zu sein, aber da stand Yasmin schon an einer Straßenecke und wartete darauf, abgeholt zu werden.

Einen winzigen Augenblick, so kam es ihr vor, schien sie zu zögern, wollte die Beifahrertüre öffnen.

Aber dann entschied sich Yasmin doch dafür, im Fond einzusteigen.

"Hallo Papa," mit diesen Worten schlang Yasmin kurz die Arme um seinen Hals.

Dann blickte sie kurz zu Helen:

"Hi, Mama, Du willst auch mit in die Stadt?" fragte sie gedehnt.

Helen zuckte mit den Schultern: "Sieht offensichtlich so aus!"

Innerlich musste sie ihren aufkommenden Ärger und die Enttäuschung bekämpfen.

Es war genauso , wie sie es sich vorgestellt hatte: Yasmin freute sich über einen gemeinsamen Einkauf mit ihrem Vater, bei dem die Mutter nur störend war.

Als sie im Parkhaus angekommen waren und aus dem Auto ausstiegen, hängte sich Yasmin sofort in Marks Arm ein und zählte ihm auf, was sie sich heute unbedingt kaufen musste.

Ihr wurde übel bei der Vorstellung, die ganzen Geschäft mit aufsuchen zu müssen.

Außerdem fühlte sie sich wieder ins Abseits geschoben, degradiert als lästiges Übel, unerwünschte Person. ..Die Liste war lang, die sie sich in Gedanken aufsagte und dabei die Rückansicht von Vater und Tochter betrachten musste.

Es war noch relativ früh am Morgen und die Stadt nicht so voll, wie sie befürchtet hatte.

Trotzdem verspürte sie ein beklemmendes Gefühl, ihr Mund wurde trocken und die Handinnenflächen wurden langsam mit einem feuchten Schweißfilm überzogen.

Sie schluckte mehrmals trocken und hielt tapfer mit dem Duo vor ihr mit, was zielstrebig ein großes Elektronikfachgeschäft ansteuerte.

"Muss ich da wirklich mit rein?", fragte sie zögerlich.

"Natürlich, willst Du etwa draußen stehen bleiben?" Mark zog fragend eine Augenbraue hoch.

"Mensch Mama, das ätzt mich an , nun komm endlich mit!"

Yasmin warf ihr einen genervten Blick zu und marschierte energisch Richtung Eingang.

Es war voller, als sie gehofft hatte und unwillkürlich hielt sie den Atem an, als sie sich durch den Gang drängen musste.

Irgendetwas oder Irgendjemand streifte ihren Arm, den sie mit einem leichten Aufschrei zurückzog.

Sie hasste nichts so sehr, wie die Berührungen anderer Menschen, ob bewusst oder unbewusst, wie in diesem Falle.

Ihre Nackenhaare stellten sich auf und sie bemerkte, wie eine Gänsehaut ihre Arme überzog, fast wie ein Abwehrpanzer.

Eine leichte Übelkeit begann, sich von ihrer Magengegend aus auszubreiten und sie fühlte, wie ihr schwindelig wurde und ein schwaches Rauschen in ihren Ohren einsetzte.

Ihre Handinnenflächen begannen stärker zu transpirieren und kalter Schweiß setzte sich auf ihrer Stirn ab.

Das Rauschen wurde stärker und sie konnte die sie umgebenden Geräusche nur noch gedämpft wahrnehmen.

Die ihr entgegenkommenden Leute betrachteten sie argwöhnisch und neugierig.

Schwer atmend musste sie sich auf einen Verkaufsständer aufstützen.

Was für ein elendes Gefühl, ihre Schwäche in der Öffentlichkeit zu zeigen.

Sie, die nie einen Gefühlsausbruch zeigte, sondern immer Haltung bewahrte. Warum hatte sie nicht Nein sagen können, warum ihre Gründe und ihre Ängste nicht erklären können.

Mark hätte bestimmt Verständnis gezeigt, zumal er von dem bevorstehenden Termin bei der Therapeutin wusste. Bestimmt hätte er das, sage sie sich energisch.

Wo war Mark, warum half er ihr nicht, warum sah er nicht, wie sehr sie litt, sich öffentlich demütigte?

Langsam sank sie in die Hocke und versuchte tief durchzuatmen.

"Helen, Helen hörst Du mich, ist Dir nicht gut?" hörte sie die Stimme ihres Mannes, gedämpft und weit entfernt.

"Mama, schock uns doch nicht so, was hast Du?"

Das war die Stimme von Yasmin, mit einer Nuance von Besorgnis, wie sie trotz ihres Zustandes dankbar erkannte.

"Luft, ich brauche frische Luft," flüsterte sie leise.

Mark zog sie an beiden Armen nach oben, legte einen Arm um ihre Schultern und führte sie mit schnellen Schritten aus dem Laden, gefolgt von Yasmin, die Helen an einer Hand festhielt.

Draußen atmete sie in tiefen Zügen die frische Luft ein und fühlte, wie ihre Lebensgeister langsam zurückkehrten, obwohl sie sich immer noch unsicher auf den Beinen hielt und die Übelkeit ihr nach wie vor zusetzte.

"Da vorne ist ein Eiscafé, da werden wir Dir erst mal einen Stuhl besorgen." Mark umfasste sie fester und brachte sie zum Café, wo sie sich dankbar auf einen Stuhl sinken ließ.

Nachdem er ein Glas Wasser und einen starken Kaffee für sie bestellt hatte, standen beide zögerlich und unsicher neben ihr.

"Was ist ? - mir geht's gut, Ihr könnt ruhig weiter Eure Einkäufe erledigen!" Helen nippte vorsichtig an ihrem Kaffee.

"Ich habe mein Handy dabei, wenn irgend etwas ist, dann rufst Du mich sofort an, verstanden!"

 Mark nestelte an seiner Hosentasche und hielt ihr sein Handy demonstrativ vor die Nase.

"Ist gut, Ihr könnt jetzt wirklich gehen!"

Insgeheim jedoch tat ihr die Besorgnis und Aufmerksamkeit der Beiden wohl und mit einem Seufzer der Entspannung schloss sie die Augen und lehnte sich zurück.

Sie hörte noch ein schwaches "Bis gleich", dann waren sie weg.

Wie auf Knopfdruck ließ die Anspannung, die sie bisher so umklammert hatte nach und ihre Schultern sackten nach unten , ihr Kinn fiel auf die Brust.

Ihre Augen brannten hinter den geschlossenen Lidern, füllten sich langsam mit Tränen.

Warum war sie so wie sie war? Warum konnte sie ihrem Ehemann keine zärtliche und liebende Ehefrau sein, warum nicht ihrer Tochter eine Mutter, die respektiert wurde und ihrem Vater eine verständnisvolle Tochter?

Warum sah sie keinen Sinn in ihrem Leben, in dem nur alles grau und trostlos war?

Warum konnte sie sich der Gegenwart nicht erfreuen, der Vergangenheit nichts Gutes abgewinnen und nicht erwartungsvoll in die Zukunft blicken.

Warum hatte sie keine Freunde, keinen Sinn für Gemeinsamkeiten sondern zog sich immer mehr in ihr eigenes geschaffenes Schneckenhaus zurück? Warum bin ich so, wie ich bin, was hat mich so gemacht?

Konnte sie sich verändern, wollte sie sich verändern und für wen, für ihre Familie, für sich selbst?

Entschlossen wischte sie sich mit den Händen die Tränenspuren vom Gesicht und richtete sich wieder auf.

Sie hatte doch ein Ziel vor Augen: Sie hatte einen Termin bei einer Therapeutin vereinbart, einem Termin, dem sie ängstlich und misstrauisch gegenüberstand, der aber gleichzeitig Hoffnung in ihr weckte.

Vielleicht Jemand, der ihre Lage, ihre Hoffnungslosigkeit verstand und mit ihr zusammen nach den Ursachen suchte, mit ihr daran arbeiten würde, wieder ein normales Leben zu führen.

Es lag fast so etwas wie ein entspanntes Lächeln auf ihrem Gesicht, als Mark und Yasmin sie abholten, um gemeinsam nach Hause zu fahren.

Der Wille, der zu schwach war

Das gemeinsame Abendessen war eine Spur harmonischer als sonst und sie spürte, wie die Spannung, die sie den ganzen Tag nicht mehr losgelassen hatte, langsam von ihr wich.

"Fast wie früher," sinnierte sie," als ich noch mit Mama und Papa gemeinsam zu Tisch gesessen habe und wir uns über alles Mögliche unterhalten haben und unseren Spaß dabei hatten."

Sie seufzte verhalten- nie wieder würde sie mit ihrer Mutter an einem Tisch sitzen können und die Wahrscheinlichkeit, dass ihr Vater sie demnächst wieder besuchen würde, hatte sie mit ihrem Ausbruch am Telefon in weite Ferne geschoben.

Bevor ihr wieder Tränen in die Augen schießen konnten, versuchte sie schnell einen anderen Gedanken zu finden und rutschte unruhig mit ihrem Stuhl hin und her, was die Aufmerksamkeit von Mark und Yasmin auf sich zog.

"Was ist Schatz, ist Dir wieder nicht gut?" Beide blickten sie prüfend an.

"Nein, nein, mir fehlt nichts," versicherte sie hastig und war froh, dass im gleichen Moment das Telefon klingelte.

Yasmin war bereits zum Telefon gehastet und hatte den Hörer abgenommen. Helen hielt unbewusst die Luft an und lauschte mit klopfendem Herzen, wer am anderen Ende der Leitung war.

Vielleicht war es Papa, der ein schlechtes Gewissen hatte und sich jetzt nach ihrem Befinden erkundigen wollte?

Aber sie würde nicht mit ihm reden wollen, schließlich hatte er sie verletzt, oder sollte sie doch so tun, als wenn nichts vorgefallen wäre, ihm noch einmal den Verrat an ihrer Mutter verzeihen?

Aber es schien nur ein Arbeitskollege von Mark zu sein und Yasmin nutzte die Gelegenheit, sich für den Rest des Abends in ihr Zimmer zurückzuziehen.

Spät am Abend lag sie neben Mark im Bett, der bereits geräuschvoll demonstrierte, dass er schon eingeschlafen war.

Es schienen schon Stunden vergangen zu sein, nachdem sie das Licht gelöscht hatte, aber noch immer konnte sie keinen Schlaf finden.

Bewusst hatte sie versucht, nicht auf den Wecker zu schielen, aber die Ungewissheit ließ ihr keine Ruhe.

Sie hatte es geahnt: Schon seit über einer Stunde warf sie sich schlaflos von einer Seite auf die andere, hatte mehrfach ihr Kopfkissen gedreht und die Bettdecke zurückgeschlagen.

Aber sie konnte keine Ruhe finden.

Die Muskeln ihrer Oberschenkel waren gespannt, selbst die Gesäßknochen schienen unter Spannung zu stehen und entsetzt bemerkte sie, wie der Juckreiz auf leisen Sohlen angeschlichen kam und sich erwartungsvoll auf ihre Haut setzte.

"Du wirst doch wohl nicht ohne mich einschlafen wollen?" schien er ihr zynisch zuzuflüstern.

Kampfbereit ballte sie ihre Hände zu Fäusten, doch erreichte dadurch nur, dass sich ihr Körper noch mehr anspannte.

Entnervt öffnete sie ihre Fäuste wieder und versuchte sich zu entspannen, musste aber erschöpft registrieren, wie das Jucken die Oberhand gewann, dann erbarmungslos zuschlug.

Der Kopf, die Arme, die Füße, alles schien zu kribbeln und wartete scheinbar sehnsüchtig auf die Erlösung durch ihre kratzenden Fingernägel.

Nur ein klein wenig, nur sich ein bisschen Linderung verschaffen.

Vorsichtig setzte sie ihre Hände ein, rieb nur mit den Handinnenflächen und steckte danach beide Hände unter ihr Kopfkissen.

"Ich werde mir gedanklich etwas Schönes vorstellen, mir Domaris vorstellen, meinen Baum und meine Ruhe, dann wird sich das Kratzen und Jucken schon von selbst geben."

Sie schloss die Augen und konzentrierte sich auf ihren Wunschtraum, ihre Vorstellung von Domaris.

Sie konnte den riesigen alten Baum mit seinen herunterhängenden Ästen erkennen, die Blumenwiese davor, konnte fast die sanfte Brise spüren, die über die Halme zu gleiten schien.

Es kratzte, kratzte fürchterlich am Haaransatz.

Ein kurzer Einsatz der Fingernägel und erleichtert konnte sie wieder ihren Traum aufnehmen.

Aber der Baum war verschwunden und sie musste sich konzentrieren, um sich wieder in ihre Vorstellung hineinzuversetzen.

Der Hals juckte ganz entschieden und ließ sich auch durch wildes Reiben auf dem Kopfkissen nicht von seinem Vorhaben abbringen, sie zu peinigen und ihre Träume massiv zu stören.

Wütend nahm sie beide Hände zur Hilfe und setzte sie massiv ein, um den Juckreiz zu lindern.

Aber als sich immer mehr Stellen auf ihrem Körper meldeten und den Einsatz ihrer Hände forderten, hielt sie die Qualen nicht mehr aus.

Mit einem Ruck sprang sie aus dem Bett, huschte leise in das Badezimmer, wo sie einen Teil ihrer Medikamente deponiert hatte.

Sie drückte sich eine Schlaftablette aus der Verpackung und betrachtete sie verlangend.

Eine halbe Tablette oder eine ganze, wie viel wollte oder konnte sie einnehmen?

Fast gierig schob sie sich die ganze Tablette in den Mund und spülte sie mit Leitungswasser hinunter.

Es war schon eigenartig, dass sie sich danach sofort wohler fühlte und sie spürte, wie ihre Nervosität fast schlagartig abnahm.

Entspannt ließ sie sich wieder ins Bett gleiten und wartete auf die endgültige Wirkung ihrer kleinen Freundin.

Ihr erster Eindruck ist, dass sie sich in einer Art Labor befindet.

Der Raum ist mit weißen Kacheln deckenhoch gefliest und von der Decke strahlt ein unangenehm helles Neonlicht, das den Raum noch kälter erschienen lässt, als er ohnehin schon ist.

In der Mitte des Raumes steht ein großer Tisch, auf dem eine merkwürdige Apparatur aufgebaut ist.

Oberhalb eines gläsernen Ballons, in dem sich eine gallertartige Flüssigkeit befindet, die leise vor sich hin brodelt, ist eine Art Zentrifuge angebracht. Darauf sitzt ein großer Trichter aus Edelstahl, der darauf zu warten scheint, dass man ihn füttert.

Denn wie ein Fisch, der auf dem Trockenen zu überleben versucht, öffnet und schließt sich die Trichteröffnung und gibt dabei schmatzende Geräusche von sich.

Widerstrebend tritt sie näher an die Trichteröffnung heran, um zu sehen, was in den Trichter gefüllt worden ist.

In diesem Moment gibt es ein zischendes Geräusch und sie kann einen leichten Windzug spüren.

Instinktiv blickt sie sich um und kann gerade noch erkennen, wie sich ein Wesen praktisch aus der Wand schiebt und plötzlich neben ihr steht.

Vor Angst und Schrecken bleibt ihr die Luft weg und ihr Herz pocht und schlägt so laut, dass ihre Ohren kein Geräusch mehr wahrnehmen können.

Doch das Wesen scheint sie nicht zu bemerken, sondern bewegt sich zielstrebig in Richtung des Trichters, dessen Schmatz- und Sauggeräusche lauter werden.

Aus einem Beutel, den es um den Hals trägt, legt es einen Gegenstand in den Trichter und setzt damit die Zentrifuge in Bewegung.

Erleichtert, dass ihre Anwesenheit unentdeckt bleibt, atmet sie aus und hat nunmehr die Muße, die Gestalt genauer zu betrachten.

Sie ist klein, nicht viel größer als ein Kind. Die Beine, die nackt zu sein scheinen, sind auffällig krumm und dicht behaart.

Darüber trägt das Wesen eine Art Lederhose, die fast bis zur Brust reicht.

Die Arme sind im Verhältnis zum gedrungenen Körper viel zu lang und enden an Händen, deren Finger mit langen Krallen versehen sind.

Erstaunt stellt sie fest, dass das Wesen an jeder Hand sieben fingerähnliche Gliedmaßen hat.

Um den Hals trägt es den Beutel, aus dem es eben einen merkwürdigen Gegenstand geholt hat, der offensichtlich mit einer Flüssigkeit gefüllt ist, denn aus dem Beutel fallen bräunliche Tropfen auf den Boden.

Der Schädel erinnert sie an einen Ball, denn er ist absolut rund und unbehaart, selbst Augenbrauen fehlten.

Die Augen sind schwarz, ohne Ausdruck, die Nase platt und dem Mund fehlen die Lippen.

Es hat keine Ohren, fällt ihr verwundert auf. Wie kann es hören?

Ehe sie sich weiter darüber Gedanken machen kann, hat die Zentrifuge ihre Arbeit beendet und eine bräunlich-gelbe Flüssigkeit tropft in den Glasbehälter.

Mit schmatzenden Lauten watschelt das Wesen, an dessen nackten Füßen sich ebenfalls jeweils sieben Zehen befinden, um den Tisch herum und nestelt an dem Behälter.

Erst jetzt bemerkt sie, dass sich daran ein Ausgusshahn befindet, aus dem jetzt die Flüssigkeit, die sich zuvor in dem Behälter befunden hatte, tropft.

Das Wesen hat irgendwoher eine kleine Flasche hervorgeholt, die es jetzt darunter hält.

Als der Glasbehälter leer zu sein scheint, dreht es den Hahn wieder ab und schnüffelt genüsslich an der Flasche.

Dann schüttelt es die Flasche vorsichtig, setzte sie an seinen Mund an und trinkt in winzigen Schlucken.

Voller Ekel und Abscheu kann sie erkennen, wie die Flüssigkeit die Kehle hinunterläuft und in den Eingeweiden pulsiert.

Nachdem die Flasche leer ist, wischt sich der kleine Mann die Reste an seinen Mundwinkeln mit seinen Händen ab, gibt einen rülpsenden Laut von sich, verschließt die Flasche und stellt sie wieder auf den Tisch.

Dann wendet er sich wieder der Wand zu und geht einfach hindurch.

Ohne zu überlegen läuft sie hinter ihm her und fühlt, wie auch sie die Wand durchschreitet, einfach durch sie hindurchgehen kann.

Sie stehen offenbar in einem Kinderzimmer, denn an einer Wand steht ein Holzgitterbett mit einem Mobile darüber.

Kleine bunte Tierfiguren bewegen sich sachte über dem Bett.

Davor steht dieses monströse Ungetüm und streckt seine Hand aus.

Jetzt kann sie erkennen, was er mit den Krallen machen kann.

Zwei krallenartige Nägel fahren aus und formen sich zu einer Zange.

Mit einem Aufschrei, der unhörbar bleibt, registriert sie, dass das zangenähnliche Instrument in den Oberkörper des Kindes eingeführt wird und mit einem Stück Fleisch wieder hervorgeholt wird.

Es sind Stücke aus der Leber des Kindes, weiß sie instinktiv, obwohl sie nicht eindeutig erkennen kann, was sich wirklich in den Krallen befindet.

Er ernährt sich von Leberstückchen, die er den Kindern entnimmt und dann in seinem Labor auspresst.

Es ist so widerwärtig, so abscheulich und sie weiß ganz genau, dass er beim nächsten Mal nicht nur ein kleines Stück entnehmen wird, sondern immer mehr haben will und bald eine ganze Leber entnehmen wird. Wo ist sie, was sind das für Wesen, sie will aufwachen, weg aus diesem Traum. Weit entfernt hört sie wieder das Klopfen, das sie ihre ganzen Träume hindurch zu verfolgen scheint. Dass ihr etwas Böses will, sie weiß nur noch nicht was, will es auch nicht wissen.

Aufhören, sofort aufhören, ich will wach werden, rief sie sich zu und schlug verstört die Augen auf.

Sie lag in ihrem Bett, schwitzend im zerwühltem Bettzeug und hatte furchtbare Angst.

Angst, dass sie diesen Albtraum weiter träumen musste, dass sie immer wieder daran denken musste, dass er oder es sie in die Wirklichkeit verfolgte.

Sie versuchte, wach zu bleiben, ihre Gedanken zu konzentrieren, an etwas anderes zu denken, um nicht wieder in diesen Traum zurückzufallen.

Aber das Wachbleiben fiel ihr so schwer, sie war so entsetzlich müde....

Verfolgungen

Sie sitzt in einem Auto und fährt eine Straße entlang, die sich durch sanfte Hügel, die golden in der Sonne glänzen, windet.

Sie fühlt sich beschwingt und heiter, genießt dabei die Fahrt durch die Landschaft und weiß nicht, wohin der Weg führt, aber sie ahnt, dass in erreichbarer Ferne das Meer auf sie wartet.

Als sie Kinderstimmen aus dem Fond hört, blickt sie sich irritiert um und erkennt einen Jungen und ein Mädchen, die auf der Rückbank sitzen und herumalbern. Die Kinder kommen ihr bekannt vor, aber sie kann sich nicht erinnern, woher.

Grübelnd versucht sie, sich wieder auf die Straßenführung zu konzentrieren dabei kann im letzten Moment abbremsen, als plötzlich ein Auto quer auf der Straße vor ihr steht.

Bevor sie sich überlegen kann, ob sie aussteigen oder um das Hindernis herumfahren soll, wird ihre Türe aufgerissen und zwei dunkel maskierte Gestalten ziehen sie aus dem Wagen und werfen sie auf den harten Asphalt. Sie hört Kindergeschrei, dann Schüsse.

Es ist plötzlich so still.

Sie kann ihren Körper nicht mehr fühlen, ihre Augen nicht mehr bewegen.

Starr blickt sie in den Himmel, sieht Wolken vorbeiziehen, die Schatten auf ihr Gesicht werfen.

Was ist passiert? Wo sind die Kinder? Warum liegt sie hier?

Jemand beugt sich über sie, sie kann Umrisse eines Gesichts erkennen, Augen, schwarz und kalt, die sie intensiv mustern.

Unfähig sich zu bewegen, vor Angst zu schreien, zwingt ihr Zustand sie, liegen zu bleiben.

„Es ist vorbei," hört sie eine Stimme sagen, eine Stimme, die ihr ewig ihr Erinnerung bleiben wird, so kalt und hart klingt sie.

Sie versucht zu blinzeln, das Gesicht zu fokussieren, aber sie kann nur schemenhaft ein Männergesicht mit zurückgekämmten dunklen Haaren erkennen.

Aber die Stimme, diese Stimme brennt sich in ihr Gedächtnis ein, bereitet ihr ein Unbehagen, eine Angst, die nicht zu beschreiben ist.

Gehört diese Stimme zu dem dunklen Unbekannten, was sie fürchtet und was sie verfolgt?

Schritte entfernen sich, sie hört das Zuschlagen von Autotüren und ein Motorengeräusch, was leiser wird.

"Hilfe, jemand muss mir helfen, muss nach den Kindern schauen", versucht sie zu schreien, aber kein Ton kommt aus ihrer Kehle.

Sie bemerkt, wie sich ihr Körper anfängt zu drehen, er beginnt zu trudeln, wird von einem Sog wirbelnd nach unten gezogen und sie verliert jegliches Gefühl für Raum und Zeit.

Sonnenstrahlen tanzen auf ihrem Gesicht und ein angenehm warmer Luftzug weht über sie hinweg.

Sie kann sich wieder bewegen, sich umdrehen und ihre Umgebung betrachten. Sie liegt in einem Bett mit frisch gestärkter weißer Bettwäsche, die nach Frühling riecht und sie an zu Hause erinnert.

An ihr Bett in ihrem Kinderzimmer, was von ihrer Mutter regelmäßig frisch bezogen wurde und auf das sie sich jedes Mal freute, wenn sie sich darin einkuscheln konnte, obwohl die Wäsche sich im ersten Moment hart und kalt anfühlte.

Ob ihre Mutter gleich hineinkommt und ihr einen warmen Kakao bringt, wie sie es früher immer getan hat?

Obwohl sie es nicht immer vermeiden konnte, dass sich Kakaoflecken auf der Bettwäsche wiederfanden und der Reiz des frisch bezogenen Bettes damit schlagartig für sie verloren war.

Die Zimmertüre öffnet sich und ihre Schulfreundin, genau die Freundin, die sie erst vor ein paar Tagen angerufen hat, steckt vorsichtig ihren Kopf hinein. "Hallo Süße, wie geht's Dir?"

Sie schüttelt fragend den Kopf: "Ich weiß nicht, wie es mir geht oder mir gehen soll. Aber warum bin ich hier, wo sind die Kinder, ich....

Verwirrt bricht sie ab und spürt, wie ihr schon wieder die Tränen kommen.

"Die Kinder sind tot und das solltest Du eigentlich auch sein, aber wir haben Dich gefunden und gewartet, bis Du wieder aufgewacht bist.

Aber Du bist hier nicht sicher, sie werden kommen, um Dich zu holen, werden Dir etwas antun, Dich versuchen, hier zu behalten. Hörst Du, Du musst weg, weg von hier!"

Die Stimme wird lauter und hysterisch.

Ihre Freundin wirft krachend die Tür zu und Helen springt aufgeschreckt aus dem Bett.

Sie macht sich keine Gedanken, wer ihr geholfen hat und wer ihr etwas antun möchte, sie muss schnellstens weg von hier, augenblicklich; ihre Häscher

haben bereits ihre Spur aufgenommen und wollen ihr Werk beenden.

Aber vorher muss sie noch duschen, sie will sich frisch fühlen und einen klaren Kopf bekommen, wenn sie auf der Flucht ist.

Eine weitere Türe im Zimmer führt zu einem Badezimmer, in dem eine Dusche bereits einladend mit plätscherndem warmen Wasser, was auch einem überdimensionalen Duschkopf läuft, auf sie wartet.

Entspannt stellt sie sich darunter, lässt das Wasser auf ihren Körper rieseln und vergisst die Zeit.

Im Zimmer kann sie Geräusche hören , daher dreht sie hastig den Wasserstrahl ab, schlingt sich ein bereit liegendes Handtuch kunstvoll um ihre Haare.

Als die Tür zum Bad geöffnet wird, wendet sie sich abrupt ab, so dass im letzten Moment nur noch ihr Profil zu erkennen ist.

Sie hört eine Stimme, die Stimme, die heiser knarzt: "Hier ist sie nicht, ich habe sie nur von vorne gesehen, das ist sie nicht."

Dann wird die Tür wieder geschlossen und sie lässt sich erleichtert an der Wand entlang zum Boden gleiten.

Er oder sie haben sie nicht erkannt, vorerst ist sie in Sicherheit.

Aber sie muss sofort weg von hier, sie weiß, dass er sich von ihrem Haarturban und dem angebotenen Blick auf ihr Profil nicht lange täuschen lassen wird.

Sie zieht hastig ihre Kleidung an, die frisch gewaschen auf dem Bett liegt und klettert durch das Fenster ins Freie.

Ich muss laufen, schnell laufen, denkt sie.

Dann läuft sie los, rennt um ihr Leben.

Wohin willst Du laufen, flüstert ihre innere Stimme, *er wird Dich finden, er wird Dich überall finden.*

Nein, sie ist schnell und sie wird nach Hause laufen, nach Hause zu Mama, Mama wird sie beschützen, nicht zulassen, dass ihr jemand weh tut.

Aber sie kann ihren Verfolger bereits spüren, er sitzt ihr im Nacken, ist schneller als sie, sie kann seinen Atem bereits spüren.

Aber sie läuft doch so schnell sie kann, warum holt er sie ein, warum fühlen sich ihre Beine so schwer an. Sein heißer Atem streift ihren Nacken, so dass sie erschreckt aufschreit, eine Hand greift nach ihrer Schulter, drückt sie nieder.

Entsetzt riss sie die Augen auf, es war noch dunkel und etwas lag schwer auf ihrer Schulter.

Sie versuchte den Schrei zu unterdrücken, der ihr bereits in der Kehle saß und griff danach.

Es war Marks Hand, die er im Schlaf auf ihre Schulter gelegt hatte, nur seine Hand, mehr nicht.

Ihr Puls raste, aber sie atmete entspannt aus.

Niemand hatte sie eingeholt, sie lag nur in ihrem Bett und Mark hatte im Schlaf seinen Arm auf sie gelegt.

Beinahe hätte sie lachen müssen, wenn der Traum nicht so real gewesen wäre, sie spürte noch den Atem ihres Verfolgers in ihrem Nacken, was bewirkte, dass sich ihre Nackenhaare aufstellten und sie spürte fast physisch, wie seine dunklen kalten Augen sie musterten.

Sie konnte nicht mehr liegen bleiben, immer begleitet von der Angst, wieder einzuschlafen und ihrem Verfolger im Traum wieder zu begegnen.

Vorsichtig schlüpfte sie aus dem Bett und schlich sich auf Zehenspitzen aus dem Zimmer.

Aufatmend ging sie ins Wohnzimmer, blickte sich sicherheitshalber noch einmal um, um sich dann auf einem Sessel in eine Decke zu kuscheln.

Das Licht ließ sie vorsichtshalber an und wartete so auf den nächsten Morgen.

Der Termin

Endlich war es soweit, in einer halben Stunde hatte sie einen Termin bei ihrer Therapeutin.

Sie war aufgeregt, hatte bereits mehrere Toilettengänge hinter sich, kämpfte mit weiteren Magen- und Darmkrämpfen und Schwindelanfällen.

Mark hatte sie beim Frühstück noch aufgemuntert und ihr viel Glück und Erfolg gewünscht.

Glück- war es das was sie brauchte, sollte man ihr das wünschen?

Erfolg, wobei?

Sie wusste es nicht, hatte aber seine Wünsche und seine Aufmerksamkeit scheinbar dankbar angenommen.

Mit fahrigen Bewegungen zog sie sich Jacke und Schuhe an und verließ das Haus.

Hatte sie die Haustüre abgeschlossen, die Kaffeemaschine ausgeschaltet?

Sie konnte sich nicht erinnern, aber für eine Rückkehr und Kontrolle war es jetzt zu spät, sie benötigte mindestens fünfzehn Minuten Fußmarsch und sie hasste es, beim ersten Termin zu spät zu kommen.

Schon bevor sie die Praxis erreichte, spürte sie, wie wieder eine Welle der Übelkeit sie überrollte.

Ihre Handinnenflächen begannen zu transpirieren und ein feuchter Film schien sich auf ihrer Kopfhaut zu bilden.

"Du schaffst das," flüsterte sie." Es ist ganz einfach, Du musst nur durch diese Türe gehen und dann ist das Schlimmste geschafft!"

Entschlossen drückte sie auf den Klingelknopf, der neben dem Schild "Psychotherapeutin" stand und drückte energisch die Türe auf, als der Summer ertönte.

Der Hausflur war ernüchternd kalt und unpersönlich; zögerlich betrat sie die Treppe, um in das erste Geschoss zu gelangen.

Abermals ertönte ein Summer und sie drückte eine Tür auf, neben der das gleiche Schild wie an der Haupteingangstür hing.

Im gleichen Moment überkam sie die schreckliche Vorstellung, dass die Mitarbeiterinnen an der Annahme sie vielleicht kannten oder erkannten, oder dass im Wartezimmer Menschen sitzen könnten, die sie erkennen würden.

Wieder stieg eine Welle der Übelkeit, gepaart mit panischer Angst in ihr auf, aber es war zu spät, sie befand sich bereits im Annahmebereich der Praxis.

In ihrer Angst hatte sie für einen Bruchteil von Sekunden ihre Augen geschlossen, die sie nun wieder öffnete.

Im Flur war es durch gedimmte Deckenstrahler dämmrig und er war leer.

Nicht ganz leer, ein Sessel mit Bestelltisch lud zum Warten ein, daneben stand eine Garderobe mit einem Schirmständer, aber ansonsten war niemand zu erblicken.

Langsam und vorsichtig stieß sie die Luft aus, die sie unbewusst angehalten hatte.

Vorsichtig zog sie ihre Jacke aus, hängte sie auf den Ständer und ließ sich bedächtig auf den Stuhl sinken.

Im gleichen Moment öffnete sich eine Türe und eine weibliche Stimme rief : Frau Schröder, wollen Sie bitte eintreten?!"

Helen war beim Klang der Stimme zusammengezuckt.

Sie erschien ihr kalt, näselnd, irgendwie unangenehm, aber auf keinen Fall sympathisch.

"Lass das", schalt sie sich gleichzeitig," man kann nicht an der Stimme entscheiden, ob einem sein Gegenüber sympathisch ist oder nicht."

Unsicher stand sie auf und ging in das Zimmer, dessen Tür für sie geöffnet worden war.

Nachdem sie die Türe leise hinter sich geschlossen hatte, blickte sie sich zaghaft um.

Der Raum war eher spärlich eingerichtet, die Wände pastellfarben gestrichen, aber ohne jeglichen Wandschmuck.

An der einen Seite des Zimmer stand ein hölzerner Stuhl, dessen Sitzfläche mit Leder bezogen schien, daneben ein kleiner Tisch, der als Ablage diente. Schräg gegenüber stand ein Ledersessel, der knautschig wirkte und den Eindruck von Gemütlichkeit vermittelte.

Ehe sie sich weiter umblicken konnte schob sich plötzlich eine Gestalt in ihr Blickfeld

"Guten Morgen Frau Schröder, mein Name ist Martens und ich denke, wir werden die nächste halbe Stunde miteinander verbringen. "

Sie spürte wie ein Gefühl der Abwehr in ihr aufstieg.

Unsympathisch, gruselig und zum Schütteln kam es ihr sofort in den Sinn.

Der erste Eindruck ließ sich nicht abmildern, hatte sich bereits in ihr manisfestiert.

Und was sie jetzt sah, konnte ihre Meinung nicht unbedingt abändern.

Frau Martens hätte eher in die Parfümerieabteilung eines gehobenen Kaufhauses Furore gemacht.

Ihre lackschwarzen Haare lagen tadellos glatt an, ihr Make-up war dezent, aber gekonnt und ihre Kleidung absolut stilsicher.

Helen warf in einem Anflug von Schuldbewusstsein einen Blick auf ihre Jeans und Turnschuhe und kam sich im gleichen Moment billig und gedemütigt vor.

Mit hochrotem Kopf kam sie der Aufforderung nach, in dem Knautschsessel Platz zu nehmen.

"Sie" nahm auf dem Stuhl gegenüber Platz und Helen bemerkte entsetzt, wie der Knautschsessel, auf dem sie sich jetzt mit ihrem ganzen Gewicht hineinsetzte, nachdem sie zuerst nur auf der Kante gesessen hatte, unter ihr nachgab und sie noch tiefer in den Falten des Sessels versank.

Sie saß jetzt mindestens dreißig Zentimeter, gefühlte zwei Meter, unterhalb der Augenhöhe von "ihr" und fühlte sich unsagbar hilflos und unbedeutend.

"Bevor wir anfangen, möchte ich Sie noch bitten, diesen Fragebogen auszufüllen, damit ich mir ein Bild über Sie machen kann!"

Ohne nach oben zu blicken, nahm Helen das Papier in die Hand und hielt es sich schützend vor die Augen.

"Sie brauchen jetzt noch nichts durchzulesen und auszufüllen, es reicht, wenn Sie mir den ausgefüllten Bogen beim nächsten Mal wieder mitbringen."

Beim nächsten Mal- Helen schüttelte innerlich ihren Kopf.

Es würde kein nächstes Mal geben, nicht bei einer Person, die solch einen Widerwillen bei ihr auslöste.

Sie hatte vor diesem Besuch versucht, sich ein wenig im Internet in die Materie einzulesen und dabei erfahren, wie wichtig die Empathie zwischen Patient und Therapeuten für eine erfolgreiche Behandlung ist.

Hier passte rein gar nichts, weder Empathie noch Sympathie.

Sie verschränkte entschlossen ihre Arme vor der Brust und versuchte, ihre Füße unter den Sessel zu stellen und dort ebenfalls zu verschränken.

Aber im gleichen Moment fiel ihr ein, wie diese Haltung auf ihr Gegenüber wirken würde, welche Schlüsse sie daraus ziehen würde und zwang sich dazu, die schützende Abwehrhaltung, die sie eingenommen hatte, wieder rückgängig zu machen.

"Wie fühlen Sie sich, Frau Schröder?"

"Nicht besonders, sonst säße ich wohl nicht hier?" reagierte sie fast zornig.

Behalte die Kontrolle, lass Dich nicht aus der Fassung bringen, hörte sie ihr inneres Ich.

"Erzählen Sie doch einfach mal ein bisschen von sich und ihrer Familie."

Frau Martens blickte sie unbeirrt freundlich und aufmunternd an.

Mechanisch leierte Helen ihr Alter und Angaben über Mark und Yasmin herunter.

"Und womit beschäftigen Sie sich tagsüber?"

Ertappt - sie war in die Falle gelaufen, was sollte sie jetzt antworten?

Sie musste sich kurz räuspern, dann antwortete sie mit leiser Stimme:

"Nicht viel, außer dem täglichen Haushalt."

"Und das füllt sie aus oder möchten Sie gerne etwas anderes machen?"

Helen schluckte " Ich habe etwas anderes gemacht, hatte einen interessanten Beruf und nette Arbeitskollegen, aber dann ist meine Mutter gestorben, es war keiner mehr da, der auf Yasmin aufpassen konnte."

Ihre Stimme war immer leiser geworden und irritiert über den Werdegang des Gespräches, nestelte sie ein Taschentuch aus ihrer Hosentasche, in das sie unsicher schnäuzte und sich die Augen damit wischte.

"Wann ist ihre Mutter gestorben? Haben Sie je mit jemanden über ihren Verlust gesprochen und lebt ihr Vater noch?"

Helen spürte wie eine Welle des Schmerzes und der Wut in ihr hochkam, sie überrollte und zuließ, dass sie dieser fremden Person ihr Innerstes offenbarte. Unfähig ihre Gefühle zu kontrollieren schluchzte sie auf :" Sie hat mich einfach verlassen, hat mich alleine gelassen. Wie konnte sie mir das antun? Wie kann mein Vater mich so verletzen, sich eine neue Familie zu suchen. Sie haben mich alle beide im Stich gelassen."

Zitternd zerknüllte sie ihr Taschentuch und versuchte, sich wieder zu sammeln.

Dieser Ausbruch war ihr unsagbar peinlich und unangenehm.

Niemals hätte es so weit kommen dürfen, dass sie sich so öffnete und einer Fremden Einblick in ihr Innerstes gewährte.

Heftig schloss sie ihre Hände zu Fäusten und drückte ihre Fingernägel in die Handinnenflächen.

Der daraufhin einsetzende Schmerz erlaubte es ihr, ihre Gedanken wieder zu ordnen und einigermaßen gefasst schaute sie wieder auf ihr Gegenüber.

"Ich glaube, darüber werden wir einiges zu reden haben und ich bin schon gespannt auf ihren ausgefüllten Bogen".

Frau Martens setzte ein aufmunterndes Lächeln auf und schaute sie erwartungsvoll an.

"Wir werden sehen" Helen blickte abwesend auf, "kann ich jetzt gehen?"

Bevor Frau Martens antworten konnte, war sie bereits aufgestanden und machte Anstalten, zur Türe zu gehen.

"Natürlich, obwohl die Zeit noch nicht um ist, aber ich werde Sie natürlich nicht aufhalten und würde vorschlagen, wir unterhalten uns nächste Woche um die gleiche Zeit wieder hier."

"Danke und Auf Wiedersehen."

Ohne sich noch einmal umzublicken hastete Helen aus der Türe, riss sich ihre Jacke vom Kleiderständer und verließ fluchtartig die Praxis.

Draußen atmete sie tief die frische Luft ein und versuchte sich auf die vergangenen Minuten zu konzentrieren.

Wie hatte sie es zulassen können, dass sie ihre Gefühle so offen gezeigt hatte, warum hatte sie die Kontrolle verloren?

Wütend stampfte sie mit dem Fuß auf.

Sie war wütend- wütend auf sich selbst und auf die Therapeutin, die es geschafft hatte, dass sie einer Fremden ihre Gefühlsregungen zeigen musste. Sie spürte, wie Tränen der Enttäuschung über ihr Verhalten, ihre Unfähigkeit, Gefühle zu kontrollieren, in ihr aufstiegen.

Hastig wischte sie das salzige Nass auf ihren Wangen ab und lief mit gesenktem Kopf, immer noch tränenblind, nach Hause.

Dort angekommen, riss sie sich die Jacke vom Leib, schleuderte ihre Schuhe in eine Ecke des Flurs und stürzte ins Badezimmer.

Ihr war übel, ihr Magen schien gegen einen Überschuss an Magensäure zu rebellieren und zog sich in fast regelmäßigen schmerzhaften Abständen zusammen.

Ihr ganzer Kopf schrie auf vor Schmerzen, war ein Gefäß gefüllt mit Schmerzen, so dass sie keinen eindeutigen Schmerzpunkt lokalisieren konnte.

Würgend beugte sie sich über den Waschtisch und spürte angewidert und hilflos, wie sie einen Schwall Magensäure erbrach.

Mit fahrigen Bewegungen drehte sie den Wasserhahn auf und ließ sich das kalte Wasser über ihr Gesicht laufen.

Benommen hielt sie sich am Rand des Waschbeckens fest und ließ sich langsam auf den Boden sinken.

"Aus, vorbei, Ende- schlimmer hätte es nicht kommen können."

Ihre letzte Hoffnung auf Hilfe hatte sich aufgelöst, der Besuch bei der Therapeutin war ein reines Desaster gewesen, wer konnte und wollte ihr jetzt noch helfen?

Konfrontationen

Helen begann zu schluchzen, erst leise, dann immer lauter, immer drängender. Hilflos kippte sie zur Seite, wo sie in Fötusstellung liegen blieb und ihren Schmerz, ihre Verzweiflung, ihre Einsamkeit in Tränenströmen und lauten Schluchzern herausließ.

Als der Strom langsam versiegte und nur noch ein seufzendes Schnappen nach Luft übrig blieb, fühlte sie sich ein wenig getröstet.

Entschlossen atmete sie tief durch, setzte sich auf und wischte sich mit dem Handrücken über das nasse Gesicht.

Keiner sollte sie so vorfinden, verletzt und hilflos, doch es war bereits zu spät. Die Türe öffnete sich langsam Zentimeter um Zentimeter und Yasmin schaute ängstlich um die Ecke.

Doch in Sekundenbruchteilen verwandelte sich der ängstliche Ausdruck in Abscheu.

"Was machst Du denn hier auf dem Boden, und wie Du ausschaust, hast Du etwa geheult?"

Yasmin stand mittlerweile vor ihr und hatte die Arme in die Hüften gestützt. "Yasmin, mir geht es nicht gut, ich hatte einen schlechten Tag und mir ist übel!

" "Mal wieder übel! Hast Du wieder Tabletten oder so'n Zeugs genommen?" "Hab ich nicht- mir ist einfach nicht gut."

„Ich weiß nicht, was Papa an Dir findet, mehr als Mitleid kann es wohl nicht mehr sein!"

Damit drehte sich Yasmin um und schlug die Badezimmertüre hinter sich zu.

Helen schnappte nach Luft, was hatte das Kind, ihre eigene Tochter, gerade zu ihr gesagt?

War es Wut, Entsetzen oder Trauer, was mit klammen Fingern nach ihr griff und sich wie ein Ring um ihr Herz legte und ihr den Atem raubte?

Sie musste hier raus, weg aus diesem Haus, weit genug weg von ihrer Tochter an die frische Luft. Egal wohin, aber auf keinen Fall bleiben.

Überhastet rannte sie aus dem Bad, schlüpfte in ein Paar Schuhe, die gerade im Weg standen und schnappte sich eine Jacke.

Mit einem Schwung riss sie die Haustür auf, stürzte aus der Tür und knallte sie beim Hinauslaufen unbeherrscht wieder zu.

Sie lief los, hastig, immer schneller, fast blind vor Tränen, die ihr über die Wangen rannen.

Irgendwann hatte sie sich soweit beruhigt, dass ihre Schritte langsamer und bedächtiger wurden.

Sie hatte gar nicht darauf geachtet, wohin sie gelaufen war, aber sie schien weit genug weg von zu Hause zu sein.

Sie verspürte ein Gefühl von Hass in sich, Hass auf Yasmin und sie verfluchte den Tag ihrer Geburt, den sie am liebsten rückgängig machen würde.

War es verwerflich, wenn eine Mutter solche bösartigen Gedanken hatte, musste sie sich dafür schämen?

Sie atmete tief durch - das war nicht mehr die Tochter, die sie geboren, geliebt und erzogen hatte.

Aber vielleicht war das der normale Entwicklungsstatus in der Pubertät, mit dem sie nicht umgehen konnte. der sie immer wieder angriff und verletzte.

Ihr fehlte die Kraft und die Gelassenheit, Yasmins verbale Angriffe und Reibungspunkte, ihre aggressiven und bösartigen Worte und Spitzen über sich ergehen zu lassen oder sich damit auseinander zu setzen, ihr Grenzen zu setzen.

Sie fühlte sich verletzt, ausgeschlossen von dem Leben in ihrer Familie und hilflos.

Aber Weglaufen stellte keine Lösung dar, aber was konnte und sollte sie tun?

Auf jeden Fall wieder umdrehen und nach Hause gehen, denn mittlerweile hatte es angefangen zu nieseln und die Dämmerung setzte ein.

Sie spürte verwirrt, dass etwas, was tief in ihrem Inneren schlummerte, in ihr kämpfte, um die Oberhand zu gewinnen und Widerstand gegen die Demütigungen aufzunehmen. Ein seltsames Gefühl, was sie in letzter Zeit öfters hatte und sie zutiefst beunruhigte.

Durchnässt und deprimiert traf sie wieder zu Hause ein.

Als sie den Schüssel ins Schloss steckte, wurde die Türe bereits aufgerissen und Mark blickte ihr mit sorgenvoller Miene entgegen.

"Helen, wo warst Du- wir haben uns Sorgen gemacht. Ich wollte mich gerade anziehen, um Dich zu suchen?"

"IHR habt Euch Sorgen gemacht?" fragte sie leise.

"Was ist los, worüber habt Ihr Euch gestritten?"

"Gestritten, war das ihre Wortwahl?"

Helen verzog resigniert die Mundwinkel.

"Dann erkläre mir, was los war!" und als Helen trotzig den Kopf schüttelte, "bitte, ich will wissen worüber Ihr Euch unterhalten habt!"

Und Helen schilderte ihm unter unterdrücktem Schluchzen ihr Gespräch mit Yasmin, den verbalen Angriff, der ihr so unsagbar weh getan hatte und der ihr jetzt, da sie sich an ihn erinnern musste, immer noch Qualen verursachte.

Sie konnte ihre Gefühle nicht mehr unterdrücken, musste ihren Tränen freien Lauf lassen.

Mit heftigen Bewegungen versuchte sie, ihre Augen wieder trocken zu wischen, dabei konnte sie zusehen, wie sich Marks Miene zusehends veränderte.

Aus Fassungslosigkeit und Mitgefühl wurde Wut.

Seine Augen wurden zu Schlitzen, seine Hände formten sich zu Fäusten.

"Jetzt reicht's, dieses arrogante kleine Miststück. Irgendwann ist der Punkt gekommen, wo sie ihre Prinzessinnen-

Stellung in dieser Familie verloren hat, und ich glaube, dieser Punkt ist jetzt gekommen!"

"Nein, Mark "schluchzte sie auf, "mach es nicht noch schlimmer, sie wird sich auch wieder ändern."

"Ja, wann denn, wenn sie uns auseinander gebracht hat?!"

Mit diesen Worten stürmte er davon.

Hastig wischte sich Helen die restlichen Tränen ab, zog sich die Straßenschuhe aus und setzte sich im Wohnzimmer auf ihren Sessel.

Obwohl es mittlerweile fast dunkel geworden war, verzichtete sie darauf, Licht anzumachen.

Sie wollte noch einen Augenblick für sich alleine sein, die tröstliche Nähe ihres Sessels in der Dunkelheit genießen und über ihr Dasein nachdenken.

Was hatte sich bisher geändert, außer dass sie einen bösen Streit mit Yasmin hatte?

Rein gar nichts. Die erhoffte Hilfe war ausgeblieben, ihr Leben, ihre Zukunft war weiterhin grau und ungewiss und ohne Perspektiven.

Ihr Kopf schmerzte wieder heftig und der Schmerz wiederum verursachte ihr Magendrücken und Übelkeit.

Sie seufzte tief auf:" Was hatte sie für ein Leben, durchsetzt mit Schmerzen, Übelkeit, Angstzuständen und ständig wiederkehrenden Albträumen, die sie sich nicht erklären konnte?

Bevor sie nach einer Antwort suchen konnte, ging das Licht an und Mark schob Yasmin in den Raum.

Yasmins Gesicht war kalkweiß und sie schien geweint zu haben.

"Ich möchte mich für mein Verhalten entschuldigen," flüsterte sie mit bebenden Lippen."

Helen spürte, wie ihre Mundschleimhaut in Sekundenbruchteilen austrocknete und schluckte unwillkürlich :" Ich will keine erzwungene Entschuldigung und Du kannst Dich nicht für etwas entschuldigen, über dessen Auswirkungen Du Dir überhaupt nicht im klaren bist!"

Mit feuchten Augen wandte sie sich von Yasmin ab und fokussierte einen imaginären Fleck auf dem Teppichboden.

"Mama, bitte, es tut mir wirklich leid und ich habe es nicht so gemeint!"

Helen nahm ihre ganze Kraft, drehte sich um und schaute ihrer Tochter in die Augen.

"Weißt Du eigentlich, wie weh Du mir getan hast, was ich heute für einen fürchterlichen Tag hinter mir habe und wie schlecht es mir eigentlich geht? Nicht nur heute, sondern schon seit Wochen, seit Monaten?"

Yasmin blickte verunsichert auf den Boden :"Papa hat mir eben einiges erzählt, es tut mir so leid, ich verspreche Dir, ich werde mich ändern, ich werde es versuchen und Papa hat versprochen, mir ein Buch mitzubringen, dass ich Dich vielleicht besser verstehen kann."

Yasmins Worte überschlugen sich fast und als Helen keine Anstalten machte, sich wieder von ihr wegzudrehen, stürmte sie auf sie zu, sank vor ihr auf die Knie und umarmte sie heftig.

Helen konnte ihre Tränen nicht mehr zurückhalten, wollte sie nicht mehr zurückhalten und schloss zögerlich ihre Arme um Yasmin.

Sollte es so einfach sein, würde ihre kleine Familie zu ihr stehen, ihr helfen aus dem Grau und der Leere und dieser nicht zu verstehenden Traurigkeit zu finden?

Sie schluchze fast unhörbar auf und löste sich vorsichtig aus der Umarmung.

" Ich brauche Zeit, lasst mir Zeit," flüsterte sie leise.

Markt schaute sie zweifelnd an: "Was sollen wir machen, sag es uns, wie können wir Dir helfen?"

"Ich weiß es nicht, weiß nicht was ich will und ob ich überhaupt noch will.

Ich fühle mich tagtäglich einfach unwohl und lethargisch, aber doch in dauernder innerer Erwartung und Unruhe.

Mir fehlt der Sinn an meinem Dasein und die Motivation diesen Zustand zu ändern.

Meine Albträume rauben mir nachts den Schlaf und lassen mich am Tag an meinem Zustand zweifeln, bereiten mir Angst und… und… "

Sie schluchzte laut auf:" Mama fehlt mir so sehr, es tut einfach nur weh und ich kann es nicht ändern, kann sie nicht zurückholen, kann ihr nicht sagen, wie sehr sie mir fehlt! Und gleichzeitig hasse ich sie, dass sie mich einfach alleine gelassen hat und dafür schäme ich mich!"

Durch ihren Tränenschleier hindurch konnte sie sehen, wie sich Mark und Yasmin unsicher und unbehaglich ansahen, ihre Köpfe dann kurz zu ihr wandten, um dann sichtlich unangenehm berührt auf den Boden starrten.

"Vergiss es, sie werden Dir nicht helfen, sie können Dich noch nicht einmal verstehen!" Die Stimme in ihrem Inneren klang zynisch und bestimmend.

Helen atmete tief durch und versuchte, ihre Gefühle unter Kontrolle zu bekommen.

Aber es war so schwer, im Vergleich dazu war es doch so einfach, den Schmerz und die Trauer und das eigenen Unvermögen hinaus strömen zu lassen, sich gehen zu lassen, ihren Weg nach Domaris zu finden.

Der Schmerz war zwar immer noch anwesend, aber die innere Stimme hatte aufgehört und nach dem Tränenfluss fühlte sie sich ein klein wenig erleichtert.

"Ich glaube, ich brauche einfach ein bisschen Ruhe und Zeit für mich. Außerdem fühle ich mich völlig durchgefroren."

Mark blickte schuldbewusst und mit einem Anflug von Erleichterung auf.

"Ich mache Dir etwas Heißes zu trinken!"

Yasmin blickte weiterhin betreten auf den Boden, aber Helen glaubte, für ein kurzen Moment ein spöttisches Lächeln zu sehen, oder war es doch nur Einbildung gewesen?

Sie fühlte sich unbehaglich, wusste nicht, ob sie sich über die angebliche Fürsorge freuen sollte.

Meine Zeit wird kommen, dann ändert sich sowieso alles hörte sie wieder leise eine Stimme in ihrem Inneren,

Diese Stimme, die bedrohlich und bestimmend in ihrem Inneren klang, brachte sie zum Schaudern .

Sie hatte diesmal nur Bruchstücke ihrer Tablettenration zu sich genommen, aber das mit Alkohol versetzte Heißgetränk, was ihr Mark zubereitet hatte, tat seine Wirkung.

Mit einem wohligen Seufzer kuschelte sie sich tiefer in ihr Bettzeug und konnte schon bald spüren, wie ihre Glieder sich entspannten und ihre Gedanken langsam abglitten.

Stille und Finsternis

Es ist helllichter Tag, aber sie kann keinen Sonnenschein sehen, obwohl der Himmel klar aussieht.

Die Farben der vor ihr ausgebreiteten Landschaft sind blass und verwaschen, die Farbe des Himmel erdrückt das Bild mit seinem stumpfen Blautönen und das Grün der Wiesen und Büsche erinnert sie an graue Erde und Schlamm.

Sie steht mitten auf einer Wiese, auf denen vereinzelt Büsche und Sträucher ihr karges Dasein fristen.

Mitten durch die Wiese führt ein schmaler Fußpfad, der auf einen Berg zuläuft, den sie erst jetzt realisiert.

Am Fuße des Berges kann sie Gestalten erkennen, die sich auf dem Pfad bewegen, der sich in Mäandern Richtung Gipfel zu winden scheint.

"Halt, wartet auf mich!" will sie rufen, doch die Worte verklingen tonlos.

Hastig setzt sie sich in Bewegung, will die Menschen vor ihr einholen, doch sie kommt kaum voran.

Sie keucht vor Anstrengung, der Anstieg hat doch noch nicht begonnen, warum fällt ihr das Gehen schon so schwer?

Die Menschen, die sie einholen will, sind verschwunden in dem Wald, der am Fuße des Berges beginnt.

Endlich hat sie die Wiese hinter sich gelassen und tritt ein in die Finsternis, erschaffen von hohen belaubten Baumkronen.

Die Blätter, die ein düsteres Dach bilden, lassen kaum etwas von dem blassen Licht hinein, so dass sie nur schemenhaft ihre Umgebung wahrnehmen kann. Und es ist still.War es draußen auf der Wiese, die ihr nun so freundlich und hell erscheint, bereits still, so hat sie für diesen Zustand keinerlei Worte mehr.

Ihre Ohren schmerzen durch das Fehlen jeglicher Geräuschquellen.

Sie hört weder ihren eigenen Atem, noch ihre Schritte, keinerlei Blätterrauschen in den Baumkronen.

Sie hat das Gefühl in einem Vakuum gefangen zu sein, welches jegliche Geräusche von außen abschirmt und innen alles aufsaugt.

 Panisch öffnet sie ihren Mund um hektisch und laut zu atmen, aber ihr Atem ist stumm.

"Du bist tot," denkt sie resignierend, so fühlt es sich also an, wenn man tot ist - es ist einfach still und leer und es ist alles vorbei. Keine Ängste mehr, keine quälenden Gedanken, einfach nur Stille und Leere."

Aber irgendwo dort draußen, in dieser Dunkelheit lauert etwas Böses, nichts manifestierbares, aber eine unheilvolle Präsenz, mit einer Kälte, die ihr fast den Atem gefrieren lässt.

Sie hat plötzlich Angst, entsetzliche Angst, die in kalten Schüben aufwallt und ihr die Kehle umschließt.

Soll es das wirklich gewesen sein, sieht so das Ende aus?

Entschlossen bäumt sie sich auf und reißt mit einer letzten Anstrengung ihre Augen auf.

Es war immer noch dunkel, aber neben sich konnte sie den schwachen Lichtschimmer einer Uhr erkennen, konnte ihren Atem hören und den von Mark.

Es war vorbei, es war nur ein Traum, wieder nur ein Traum, der sie in Panik versetzt hatte.

Ihr war kalt und ihre Kopfhaut spannte schmerzhaft. Unruhig warf sie sich hin und her, aufgewühlt und verwirrt, aber gleichzeitig so müde.

Sie wollte nicht wieder auf die Uhr schauen, wollte wieder einschlafen ohne den sie peinigenden Juckreiz, der sich ganz langsam zu nähern schien, ohne die zuckenden Gliedmaßen und die unerträglichen Kopfschmerzen, die dafür sorgten, dass statt Dunkelheit ein Blitzlichtgewitter in ihrem Kopf stattfand.

Die Wirkung ihres Schlaftrunkes hielt gnädiger Weise immer noch an und so fiel sie nach kurzer Zeit wieder in einen unruhigen Schlaf.

Wieder sieht sie eine Wiese vor sich, doch diesmal kann sie die wärmenden Strahlen einer Sonne fühlen, die klare Luft riechen und Vogelgezwitscher hören.

Sie sitzt in einem kleinen roten Auto und fährt auf einer schmalen Straße, die in sanften Kurven vor ihr liegt.

Ohne das sie sich Gedanken machen muss, wie das Auto gelenkt oder angetrieben wird, gleitet sie dahin.

Sie weiß, dass hinter dem nächsten Hügel das Meer liegen wird und beugt sich in gespannter Erwartung nach vorne.

Sie kann die Meeresluft förmlich riechen und ihr Herz schlägt in freudiger Erwartung einen Taktschlag schneller.

Doch dunkle Wolken ziehen auf, scheinen nach dem hellen Horizont zu greifen, um ihn zu verdunkeln, ihn aufzusaugen.

Nur mit Mühe kann sie noch erkennen, wie die Straße verläuft, die immer enger zu werden scheint. Mit einem Ruck kommt sie zum Stehen und schaut sich verängstigt um.

Nebel zieht auf, will nach den Wolken greifen, die schwer über ihr hängen.

Mit zitternden Fingern öffnet sie die Wagentüre und steigt aus.

Einen Umriss kann sie in unmittelbarer Nähe erkennen , dann plötzlich reißt die Wolkendecke für einen Moment auf und lässt ihre Umgebung in einem fahlen rosa Licht erscheinen.

Sie erkennt ein Haus, zu welchem ein enger heckengesäumter Weg führt.

Sie kann noch kurz registrieren, dass das Haus mit roten Backsteinen gebaut ist und über zwei Geschosse verfügt, der Eingang, der über eine Treppe zu erreichen ist, mit einer wuchtigen dunklen Holztür versehen ist.

Dann schiebt sich wieder ein Wolke vor den Lichtschimmer und fahle Finsternis beherrscht das Bild.

War irgendwo im Haus ein Lichtschimmer gewesen, Anzeichen von Bewohnern?

Sie kann sich nicht daran erinnern, aber etwas sagt ihr, dass sie in dieses Haus hineingehen muss.

Dass etwas darin auf sie wartet. Entschlossen läuft sie los und wundert sich nur kurz, dass ihr diesmal das Laufen so leicht fällt.

Sie atmet noch einmal tief durch und steigt die Treppenstufen hinauf.

Ehe sie sich Gedanken machen kann, wie sie durch die verschlossene Tür in das Haus gelangen kann, schwingt diese nach innen auf und sie kann eintreten.

Obwohl von außen kaum Licht einfällt, sieht sie, dass sie in einem Hausflur steht, der mit einem weinroten Teppich ausgelegt ist. Eine Treppe, deren Stufen ihr im gleichen Rot entgegen leuchten, führt mit einem eleganten Schwung in das erste Stockwerk.

Ihr kommt diese Treppe, diese Umgebung so bekannt vor.

Sie kann sich nicht erinnern, zornig versucht sie ihre Gedanken auf die Vergangenheit zu konzentrieren, sich an das Gebäude oder die Umgebung zu erinnern.

Kinderstimmen dringen an ihr Ohr und lassen sie von ihren Gedanken abschweifen.

Es sind Kinderstimmen, die sich laut etwas zurufen.

Und plötzlich weiß sie, wo sie ist! Es ist das Haus ihrer besten Freundin, die vor Jahren an einer unheilbaren Krankheit qualvoll gestorben ist.

Traurig und mit einem beklemmenden Gefühl erinnert sie sich daran, wie ihre Freundin gekämpft und gelitten hat.

Sie wollte nicht sterben, nicht ihre beiden kleinen Kinder alleine lassen.

Bis zuletzt hatte sie gehofft, hatte jeden ärztlichen Rat befolgt und konnte ihrem Schicksal doch nicht entrinnen.

Helen schmerzt der Gedanke daran immer noch so sehr, dass sie nicht wahrnimmt, wie sich eine Türe öffnet und ein Mann im Rahmen steht.

"Helen, komm doch zu uns in die Küche, Du kannst mit uns zusammen essen!"

Mit einem kurzen Aufschrei dreht sie sich um und sieht Hans, den Ehemann ihrer verstorbenen Freundin, im Rahmen stehen.

"Marion ist tot, wer ist mit Dir in der Küche?"

"Marion ist nicht tot, wie kommst Du nur darauf, komm schon, die Kinder kommen auch gleich runter!"

Sie will nicht in diese Küche, will nicht sehen, wer sich hinter dieser Türe verbirgt.

Doch wie von einer unsichtbaren Macht getrieben, nähert sie sich dem Raum. "Nein, nein, ich will nicht sehen, wie Du aussiehst, Du bist tot, lasst mich, lasst mich in Ruhe," schluchzt sie hysterisch und weicht zurück.

"Helen, Helen, wach auf, was ist? Bitte beruhige dich, du hast nur geträumt. Ein böser Traum."

Ein Lichtstrahl traf ihr Gesicht und ließ sie erschreckt aufblinzeln.

Jemand drückte sie an sich und streichelte ihr über den Kopf.

Es war warm und roch vertraut. Vorsichtig öffnete sie ein Auge und erkannte ihr Schlafzimmer und Mark, der sie an sich drückte.

Erleichtert erwiderte sie den Druck und versuchte, die Gedanken an ihren letzten Traum weit von sich zu schieben.

"Danke, dass du da bist," flüsterte sie in sein Ohr.

Er strich zärtlich über ihre Haare. "Ich bin immer für dich da Helen, und ich will gar nicht wissen, was du diesmal wieder geträumt hast. Aber das muss aufhören, es schadet dir und belastet mich."

"Ich weiß," schniefte sie , sag mir, was ich machen soll?"

Tränen liefen ihr in breiten Strömen die Wangen hinunter und tropften auf das Kopfkissen.

" Ich halte diesen Zustand nicht mehr lange aus."

Damit drehte sie sich aus seiner Umarmung und drückte ihren Kopf in das feuchte Kissen, damit er ihre Tränen und ihre Hilflosigkeit nicht mit ansehen musste.

"Ich habe von einem Arbeitskollegen eine Adresse bekommen, die sehr viel versprechend sein soll. Gleich morgen werde ich mich darum kümmern und versuchen, schnellstens einen Termin zu vereinbaren.

Helen, ich liebe dich und ich will dich wieder zurückhaben, so wie du früher einmal warst. So machst du mir Angst und ich sorge mich um dich.

Dankbar drückte sie sich an ihn, genoss dabei einen Augenblick das Gefühl von Geborgenheit.

Als sie bemerkte, dass ihre Augen wieder feucht wurden, löste sie sich von ihm und glitt vorsichtig, aber schnell wieder in ihr Bett zurück.

"Danke", hauchte sie fast unhörbar und registrierte aufatmend, dass er das Licht gelöscht hatte.

Eng drehte sie sich in ihre Bettdecke ein, drückte ihre Wange und Schläfe in das Kopfkissen, was sich unangenehm feucht anfühlte.

Sie spürte, wie sie wieder dieses unendliche Traurigkeit überkam, sie wie eine große dunkle Welle überrollte und sie gefangen nahm.

Würde sie dieses Gefühl jemals abstreifen können, ausschließen aus ihrem Körper, ihren Gedanken, ihren Gefühlen?

Sie hatte Angst, Angst, die sie nicht definieren konnte und nicht beschreiben konnte.

Aber diese Angst saß tief in ihr und wartete nur darauf, sie aufzusaugen, sie unsicher und verletzlich zu machen.

Angst, die sie auf der einen Seite traurig machte, aber andererseits wütend auf sich selbst. Angst, die sie einsam machte, da sie niemanden hatte, dem sie ihre Gefühle erklären konnte.

Zitternd zog sie geräuschvoll die Luft durch die Nase und hielt den Atem an, um zu hören, ob Mark noch wach war. Erleichtert stieß sie die Luft wieder aus, als sie keine Bewegung neben sich hörte, dann zog sie sich noch tiefer in ihr geschaffenes Bettdeckennest zurück.

Sie zweifelte daran, dass sie wieder einschlafen konnte und wollte wenigstens die Erinnerung an ihr Domaris als Tagtraum hervorrufen und die Geborgenheit, die von dieser Vorstellung ausging, genießen.

Ihre Mundwinkel verzogen sich leicht, als sie sich ihren alten Baum vorstellte und die Rinde fast fühlen konnte.

Langsam entspannte sie sich, ihr Atem ging ruhiger und mit einem leichten Seufzer glitten ihre Gedanken ab.....

Kein Ende

Sie ist in einem Raum mit vielen Menschen, die sich zu lauter Musik bewegen. Forschend schaut sie sich um und ist freudig erregt, als sie ihre Schulfreunde erblickt.

Sie ist auf dem Abschlussball ihrer Schule und alles ist gut und sie fühlt sich locker und entspannt.

Doch dann wird es um sie herum immer enger und der Geräuschpegel nimmt schmerzhaft an Lautstärke zu .

Es ist so eng, die Luft so stickig, lässt sie nach Luft schnappen.

Suchend dreht sie sich zu den Fenstern, um einen Ausgang zu erspähen.

Das Gefühl der Freude und der Entspannung ist vorbei und ängstlich schaut sie sich nach einem Ausgang um.

Erschrocken sieht sie, wie sich dunkle Schatten an den Fenstern hochziehen und durch die Scheiben hindurch nach innen gleiten.

Ihr Aufschrei verklingt im Lärm, der immer lauter wird.

Hektisch läuft sie zu ihren Schulkameraden, versucht, auf sich aufmerksam zu machen, aber keiner hört sie, keiner scheint sie zu sehen.

Hilflos muss sie mit ansehen, wie die dunklen Schatten näher kommen, sich drohend vor einzelnen Personen aufstellen. Helen will aufschreien, ihre Freunde warnen, aber kein Laut kommt über ihre Lippen. Die anderen scheinen die Schatten nicht wahrzunehmen, unbeirrt tanzen sie weiter.

Plötzlich werden die Schatten größer präsenter, dringen in die Körper ein.

Helen schreit lautlos auf, als sie sieht, wie die Farbe aus ihren Gesichtern weicht und sie aschfahl, mit leerem Gesichtsausdruck stehen bleiben.

Angstvoll keucht sie auf und nähert sich langsam der ihr am nächsten stehenden Person, die der Schatten übernommen hat.

Entsetzt erkennt sie, dass sie eine Schulfreundin vor sich hat, die vor Jahren bei einem Autounfall ums Leben gekommen ist.

Panisch sieht sie sich um, stürzt zur nächsten Person, die ein Schatten in Besitz genommen hat.

Ihr Herz trommelt vor Angst und Aufregung, während sie mit einem Aufschrei erkennen muss, dass sich dieser Schulfreund bereits vor einigen Jahren das Leben genommen hat.

Keuchend weicht sie zurück, schreit angstvoll auf, als ein dunkler Schatten sich von den Fensterscheiben löst und auf sie zugleitet.

Warum kommt der Schatten zu ihr? Sie ist doch nicht tot oder dem Tode geweiht, oder etwa doch?

"Mama, hilf mir, bitte!"

Schluchzend sinkt sie zu Boden, unfähig, vor dem drohenden Schatten wegzulaufen oder sich ihm zu stellen.

"Mama, bitte!" wimmert sie leise, während ihr die Tränen in breiten Bahnen die Wangen hinunterlaufen.

"Mama," flüstert sie mit erstickter Stimme und hebt ihren Kopf, öffnet die Augen, um sich dem Schatten, oder was immer dahinter sie darin erkennen kann, zu stellen.

Doch sie konnte im ersten Moment nur Dunkelheit wahrnehmen, erkannte nach weiterem angestrengten Hinschauen die Umrisse ihres Schlafzimmers.

Die Morgendämmerung hatte eingesetzt, und erleichtert hörte sie erstes Vogelgezwitscher.

Ihr Kopf schmerzte, ihr Mund war ausgetrocknet und alle Gelenke und Glieder waren steif.

Gleichzeitig spürte sie, wie Übelkeit in ihr hochkam und ihr Magen schmerzhaft drückte.

Mit einem unterdrückten Schmerzensschrei drehte sie sich auf die Seite, zog die Beine an ihren Körper, legte beide Hände unter ihr schweißnasses Kopfkissen und versuchte, ruhig und entspannt dazuliegen.

Nicht wieder einschlafen, nicht noch einmal in diesem Traum aufwachen und dankbar sein, dass Mark nicht aufgewacht war.

Mit weit aufgerissenen Augen lag sie da und wartete mit klopfendem Herzen und angespannten Muskeln auf den Morgen.

Therapie

Mark hatte es geschafft, sie hatte eine Sitzung bei dem ihm empfohlenen Therapeuten erhalten. Und diesmal kam er mit, ließ sie nicht alleine im Wartezimmer sitzen, sondern saß neben ihr und drückte aufmunternd ihre Hand, die vor Aufregung schweißnass war.

Und endlich war es soweit, die Türe öffnete sich und heraus kam ein Mann mittleren Alters, mit blond gelockten Haar und einer Nickelbrille auf der Nase. Die Augen dahinter waren von Lachfältchen umrahmt und blinzelten sie freundlich an.

Mit wenigen Schritten stand er vor ihr und streckte ihr freundlich die Hand entgegen.

"Hallo Helen, ich darf Sie doch Helen nennen?! Es freut mich, Sie zu sehen, begleiten Sie mich doch bitte in mein Arbeitszimmer."

Damit hatte er ihre Hand ergriffen und führte sie galant in sein Zimmer.

Mit einem Hilfe suchenden Blick schaute sich Helen noch einmal zu Mark um, der ihr aufmunternd zunickte, dann schloss sich die Türe und sie stand in einem Raum, in dem sie sich vom ersten Moment an wohl fühlte.

Die Wände waren in mediterranen Farben gestrichen . Sie erkannte Gemälde von Monet und Gaughin, die mit kleinen Lampen effektvoll angeleuchtet wurden.

Vor ihr standen zwei gemütliche Ledersessel und nach Aufforderung von Herrn Flanders, dem Therapeuten, ließ sie sich aufatmend in einen davon nieder.

Auf dem anderen nahm Herr Flanders Platz, der ihr jetzt genau gegenüber saß und sich gemütlich zurücklehnte.

"Erzählen Sie mir etwas von Ihrer Kindheit, Helen?" fragte er sie freundlich und blickte sie dabei aufmunternd an.

Und da sprudelte es nur so aus ihr heraus: Ihr Leben als behütete Tochter, die Mutter, die alles bestimmte und den Vater, der sich aus allem heraushielt.

Sie erzählte von ihrem jetzigen Leben, den Problemen mit ihrer Tochter, ihren Ängsten, ihren Albträumen, den nicht verschmerzten Verlust der Mutter.

Immer wieder wurde sie von Herrn Flanders unterbrochen, der genauer nachforschte, weitere Fragen stellte und ihr auf ihre ängstlichen Frage, ob sie wirklich krank sei, antwortete:" Ich verstehe und weiß, was sie momentan erleben und in der Vergangenheit erlebt haben. Aber ich werde Ihnen dabei helfen, ihre Selbstachtung wiederherzustellen und ihre Fähigkeit wieder mit ihrer Familie und ihrer Umwelt zu leben. Ich weiß, dass Sie leiden, aber Ihr Besuch bei mir ist ein Anfang und ich verspreche Ihnen, dass wir gemeinsam einen Weg finden werden, ihr Leben und die Art, wie Sie es bisher angepackt haben, zu korrigieren."

Helen konnte die Taschentücher nicht mehr zählen, die feucht und zerknüllt vor ihr auf dem Boden lagen, aber sie hatte das Gefühl, als ob eine große Last stückchenweise und langsam von ihren Schultern gespült wurde.

Und auch als sie hörte, dass er ihr wahrscheinlich ihre Medikamente, die Tranquilizer wegnehmen würde, da diese Mittel ihre vorhandene Depression verstärkten, nahm sie das nur mit einem kurzen Anflug von Widerwillen zur Kenntnis.

Alternativ könnte er ihr, nach weiteren Sitzungen, bestimmte Antidepressiva über einen Zeitraum verordnen. Aber zuvor vereinbarte er mit ihr, dass sie ihn bis auf weiteres zweimal wöchentlich zu Sitzungen aufsuchen sollte.

Sie atmete tief auf und lehnte sich entspannt zurück.

Eigentlich sollte sie sich jetzt wohler fühlen, aber etwas stimmte nicht. Sie konnte fühlen, wie etwas versuchte, von ihr Besitz zu ergreifen, ihr fast den Atem nahm und sie innerlich gefangen nahm.

Erschreckt schnappte sie nach Luft, krallte sich panisch in den Armlehnen fest.

Herr Flanders blickte irritiert auf und musterte sie aufmerksam.

"Fühlen Sie sich nicht wohl? Möchten Sie sich einen Augenblick legen- Sie sehen furchtbar blass aus?"

Keuchend schnappte sie nach Luft, bemerkte hysterisch, wie ihr die Stimme entglitt und Worte gestammelt wurden, die nicht von ihr waren.

"Danke- mir geht es gut, ich brauche nur frische Luft!"

Sie sprang aus dem Sessel, hob die Hand als Abschiedsgruß und stürzte aus dem Zimmer, vorbei an Mark, der ihr verwirrt hinterher blickte.

Draußen angekommen, lehnte sie sich an die Mauer des Gebäudes, wischte sich den kalten Schweiß von der Stirn.

Mit beiden Händen formte sie einen Trichter, in den sie versuchte, gleichmäßig ein- und auszuatmen.

Im gleichen Moment spürte sie eine Hand auf ihrem Kopf und schrie entsetzt auf.

"Helen, ich bin es. Was ist los, du versetzt uns alle in Schrecken.

Herr Flanders ist besorgt und möchte, dass du noch einmal in seine Praxis kommst?"

Sie spürte, wie sie eine plötzliche Ruhe überkam, ihre Angst und Unsicherheit, ihr eigenes Ich in den Hintergrund gestellt wurde.

Mit einem Ruck richtete sie sich auf, sah ihn lächelnd an:

"Entschuldige bitte, ich hatte eine kleine Panikattacke. Alles wird gut! Lass uns nach Hause fahren."

Gefangen in Domaris

Zum ersten Mal seit Monaten hatte sie Angst einzuschlafen. Irgendetwas wartete in ihren Träumen auf sie. Dunkel, bedrohlich, nicht definierbar.

Dabei wollte sie nur entspannen, sich in ihren Träumen nach Domaris retten, ihrer Insel, ihrem Baum, an dem sie entspannen konnten. Dort, wo ihre Träume waren, Träume von Vergangenem. Träume, die das Vergessen aufhoben und sie daran erinnerten, wie es gewesen war.

Sie wollte nicht mehr die Albträume erleben, nicht mehr die Auseinandersetzungen mit ihrer Tochter scheuen, sich wieder Mark zuwenden können.

Aber sie hatte Angst, dass es dafür schon zu spät war. Sie war zu sehr gefangen in ihren Träumen, hatte etwas erweckt, was schon Kontrolle übernommen hatte und nur noch auf die Gelegenheit wartete, endgültig aus den Schattendasein der Träume hervorzutreten.

Deshalb wollte und durfte sie nicht einschlafen.

Sie spürte, dass das Etwas, was sie in ihren Träume bedrohte, bereit war und nur darauf wartete.

Nervös blickte sie immer wieder auf die Uhr, aber die Zeit verging nur langsam. Sie spürte, wie sie trotz der fehlenden medikamentösen Unterstützung schläfrig wurde, ihr Kopf zur Seite kippte.

Erschreckt zuckte sie zusammen, richtete sich wieder auf und überlegte, ob es nicht besser wäre, wieder aufzustehen und sich einen Kaffee aufzubrühen.

Nur noch einen Moment liegen bleiben.....

Sie steht auf einer Klippe, eine leichte Brise streichelt ihr Haar. Zögernd nähert sie sich dem Abgrund und blickt hinunter.

Tief unter ihr schimmert Wasser in einem türkisen Blau. Sie kann bis auf den Grund sehen, erkennt dort ein Fahrrad und einen Staubsauger. Beides kommt ihr bekannt vor. Das Fahrrad hatte sie schon in einem anderem Traum gesehen und der Staubsauger der Marke Vorwerk in seinem typischen grün sieht genauso aus, wie der, den ihre Mutter immer benutzt hat.

Das Wasser scheint tief zu sein, aber so klar, dass sie die Gegenstände auf dem Grund erkennen kann.

Vorsichtig beugt sie sich noch etwas weiter über die Klippe und bemerkt zu spät, dass sich etwas hinter ihr nähert. Ein tiefes Raunen erfüllt die Luft, wird lauter und wird zu einem Pochen. Dieses Pochen, was sie immer wieder und wieder verfolgt.

Sie hört noch ein Rauschen und sieht den Schatten, der sich über sie zu beugen scheint, dann ist es auch schon zu spät.

Mit einem Aufschrei verliert sie den Halt und stürzt über den Rand der Klippe in die Tiefe. Kopfüber rast sie mit einer Geschwindigkeit, die ihr den Atem raubt, dem Wasser entgegen.

Dabei bemerkt sie, dass sie von der Klippe nicht die Insel gesehen hat, die mitten aus dem Wasser auftaucht.

Jetzt ist das Wasser nicht mehr blau, sondern fast schwarz und umtost die Insel wie ein Wassergraben.

Das ist ein Wassergraben, erkennt sie und in der Mitte der Insel steht ein Baum, ihr Baum.

Mit einem Platschen taucht sie in das Wasser ein, fällt tiefer und tiefer.

Jetzt sollte ich eigentlich aufwachen, denkt sie sich. Aber sie fällt immer tiefer, sieht das Fahrrad und den Staubsauger, die nach oben trudeln.

"Aufhören", schreit sie stumm," aufwachen, ich will wieder aufwachen".

Mit einem Ruck schlägt sie auf dem Grund auf, will nach Luft schnappen. Doch noch immer ist sie im Wasser, gefangen in ihrem Traum.

Gleich wird es vorbei sein, gleich werde ich aufwachen, in meinem Bett liegen und Mark neben mir hören.

Aber nichts passiert, sie liegt immer noch auf dem Grund des Gewässers, umgeben von geräuschloser Schwärze.

Mit einem Ruck richtet sie sich auf, reißt die Arme nach oben und stößt sich mit einem kräftigem Stoß vom Grund ab.

Zuerst passiert nichts und sie befürchtet schon, dass sie wieder auf den Boden zurück fallen wird. Aber dann fühlt sie, wie sie in einen Strudel gerät, der sie umfasst, sich um sie herum windet und dabei nach oben schraubt.

Sie kann nicht beeinflussen, wie sie nach oben gezogen wird. Ihr Körper trudelt nach allen Seiten, ihre Arme und Beine werden wie an Fäden gezogen bewegt, und endlich durchbricht sie die Wasseroberfläche.

Obwohl sie unter Wasser atmen konnte, schnappt sie unwillkürlich nach Luft und schlägt wild mit den Armen um sich.

Es ist immer noch dunkel, das Wasser um sie herum brodelt schwarz, scheint sie zu umklammern, um sie wieder nach unten zu ziehen.

Verzweifelt blickt sie sich um, versucht, sich in dem wabernden Nebel, der die Dunkelheit verursacht, zu orientieren.

Die Klippe, von der sie gestürzt ist, ist nicht mehr zu sehen, aber in der Ferne kann sie Land sehen.

Sie erinnert sich daran, dass sie im Fallen eine Insel mit einem Baum sehen konnte.

War es ihr Baum, ihr Baum, der in Domaris steht?

Rudernd dreht sie sich im Kreis und entdeckt im Nebel eine Erhebung, die Land bedeuten könnte.

Mit einigen kräftigen Schwimmzügen bewegt sie sich darauf zu, erkennt, dass es wirklich die Insel ist, die sie gesehen hat.

Tränen der Erleichterung perlen aus ihren Augen, sie schluchzt laut auf und paddelt hektisch darauf zu.

Das Wasser hat eine kräftige Strömung, erlaubt es ihr kaum, sich der Insel zu nähern.

Sie will schon fast aufgeben, sich treiben lassen, aber mit einem letzten Aufbäumen kämpft sie dagegen an.

Sie will aufwachen oder aber sich auf "ihre" Insel retten, aber nicht hilflos in ihrem Traum auf dem Grund eines Wassergrabens festsitzen.

Das ist es nämlich, als sie das schmale Ufer erreicht hat, ein tosender schwarzer Wassergraben, der mit gurgelnden Lauten die Insel umgibt.

Erschöpft zieht sie sich an Land, kriecht die letzten Meter, um dann kraftlos am mächtigen Stamm des Baumes, der alleine auf der Insel steht, nieder zu sinken.

Behutsam streichelt sie dankbar die Rinde, lehnt ihre Stirn daran und wartet auf die beruhigende Wirkung, die nach einer Weile einsetzt.

Was ist passiert, fragt sie sich benommen.

Fassungslos starrt sie über die schwarzen Fluten, durch die wabernde Finsternis hindurch, versucht, herauszufinden, was auf der anderen Seite ist. *Liegt da ihr Traum, ihr wirkliches Leben, in das sie normaler Weise wieder aufwachen würde? Muss sie das Wasser wieder überqueren, um dorthin zurückzufinden? Was passiert mit ihrem Ich, das jetzt schlafend neben Mark liegt?*

Lautlos fängt sie an zu weinen.

Mark wurde von einer streichelnden, fordernden Hand geweckt, die ihn unmissverständlich aufforderte, aktiv zu werden.

Schläfrig drehte er sich um :" Das ist aber nach Jahren mal wieder eine angenehme Art geweckt zu werden."

" Das wird noch öfters passieren, wir werden viel Spaß miteinander haben!"

Die Stimme klang rau und nicht ganz nach Helen, aber das schob er auf die Nebenwirkungen ihrer abendlichen Tabletteneinnahme.

Als er sie mit wachen Augen ansah, glaubte er einen kurzen Moment im dämmernden Morgenlicht zu erkennen, dass ihre Pupillen schwarz aufleuchteten.

Verwirrt blickte er sie intensiver an, aber es war wohl nur eine Spiegelung im Licht gewesen.......

Zeitfracht Medien GmbH
Ferdinand-Jühlke-Straße 7
99095 Erfurt, Deutschland
produktsicherheit@kolibri360.de